KB129370

우리가

안도하는
사이

새소설

15

우리가 안도하는 사이

김이설 장편소설

자음과모음

차례

10월의 밤 7

십진분류표 25

미경의 강릉 57

정은의 강릉 81

난주의 강릉 107

밤바다 137

우리가 안도하는 사이 169

작가의 말 203

10월의 밤

"이 길이 맞아?"

난주가 못 믿겠다는 듯이 묻자 미경이 자신 없는 목소리로 대답했다.

"아까도 이 길로 온 것 같은데……."

"같은데?"

"아냐, 맞아. 화살표 움직이는 거 보니까 이 방향 맞아. 그치 정은아?"

"나 끌어들이지 말고 책임은 너 혼자 져."

30분째 걷는 중이었다. 이정표 하나 없는 어둑한 해안도로는 자동차가 간간이 지나갈 때만 희미하게 밝아졌다 다시 어두워졌다. 얼마 안 가 난주가 짜증을 냈다.

“택시는 아직도 안 잡혀?”

“근처에 없단다.”

하— 난주가 진심으로 한숨을 쉬었다. 난주는 맨 앞에서 핸드폰 라이트로 길을 비추고, 그 뒤의 미경은 지도 앱을, 맨 끝의 정은은 택시 호출 앱을 들여다보며 걷고 있었다. 고개를 든 정은이 앞서 걷는 둘을 보면서 깔깔거렸다. 셋 다 취해서 벌인 일이니 누구 탓을 할 수도 없는 노릇이었다. 아구찜집을 나서기 전에 택시를 부르자고 했는데 정은이 걸어가 보자 했다. 난주가 추울 거라 하니, 걸으면 땀 날 거라고 미경이 대꾸했고, 그러자 누가 또 그건 그럴 거라고, 심지어 좋은 생각이라며 박수까지 쳤던 것이다. 한참 웃던 정은이 숨을 가누고선 앞으로 가 난주를 쿡쿡 찔렀다.

“너 결혼하기 전에, 우리 강릉 왔을 때 말이야.”

“그 얘기 왜 안 나오나 했다.”

그때 뭐? 미경이 되묻고 정은이 대답했다.

“그때도 이렇게 밤에 걷다가 그 남자들 만난 거잖아.”

미경이 놀라며 또 물었다.

“남자들?”

“기억 안 나? 남자 셋?”

“그랬어? 그런 일이 있었어?”

“얘 봐라. 기억 안 나는 척하는 거 봐.”

난주까지 거들었다.

"정말 기억 안 나?"

미경은 정말 모른다는 듯 정색했다.

"나 없이 너희들만 왔던 적 있는 거 아니고?"

"뭐라는 거야. 여행 온 첫날, 밤에 만난 남자들이 있었어요. 어디더라, 평택에서 왔다고 했나?"

난주가 천안이라고 수정했다.

"그걸 또 기억하고 있네. 암튼. 그때 그쪽도 남자 셋이고, 우리도 셋이어서 같이 놀았잖아."

"어머, 난 기억이 하나도 없다."

"너한테는 인상적이지 않았나 보네."

"나랑 난주한테는 인상적인 일이 있었지."

"너 쓸데없는 소리 하지 마."

"뭔데?"

"미경아, 재 담배 물려라."

무슨 일이었냐고 자꾸 물으면서도 미경은 담배를 꺼내 정은에게 건넸다. 정은은 또 그걸 받아 들고 바람 속에서 기어이 담뱃불을 붙였다. 후— 담배 연기가 공중으로 흩어졌다.

"그래서 그때 만났던 남자 셋이랑 한 명씩 짝을 정했잖아."

"미쳤어. 진짜?"

"어. 그랬단다."

"짝지어서 뭐 했대?"

"뭐 하긴 뭐 해. 뭐 했겠지."

정은이 킬킬댔다.

"재 취했다."

그러더니 난주가 정색을 하고 말을 이었다.

"이제는 우리한테 그런 일은 안 생기겠지?"

뭐래, 징그럽게. 정은이 연기를 멀리 뿜으며 얼굴을 찡그렸다.

"누가 뭐 한대? 없겠지? 라고 물었잖아. 없겠지? 라고."

"있는 게 이상한 거 아냐?"

난 괜찮은데. 미경이 심드렁하게 대꾸했다. 그 말에 난주가 표정을 바꿔 진지하게 물었다.

"시내 나가볼래?"

"됐네, 이 사람아. 가긴 어딜 가. 누가 아줌마들이랑 놀려고 하냐?"

"어딘가에는 우리 같은 남자들이 있지 않을까?"

"취한 건 재가 취했네."

"나는 콜!"

미경이 소리쳤다.

"얘도 취했어."

"택시 불러!"

"불러!"

뒤쪽에서 밝아오던 자동차 불빛이 빠른 속도로 셋의 옆을 지나쳐 갔다.

"근데 이 길이 맞아?"

"몰라."

"이 길밖에 없잖아."

"거꾸로 가고 있는 거면 어떡해."

"첫 번째로 나오는 횟집에 들어가서 소주나 한잔 더 하면 되지."

"것도 좋네. 근데 미경아. 너 지도는 볼 줄 아는 거지?"

"나 운전하는 사람이야. 이 길 맞아. 맞을 거야. 아니, 맞아 맞아."

"맞다고 한 것이 아닌 경우가 얼마나 많은데."

"그치, 여기라고 안심시켜놓고선 결국은 저기고."

"근데, 미경아. 너 길치 아니었냐?"

"약간 그렇지?"

"미치겠네. 근데 우리가 지금 미경이 따라 걷고 있는 거야?"

그 말이 끝나자마자 멀리 간판 불빛이 보였다. 곧이어

동네 하나가 불쑥 드러났다. 셋은 누가 뭐라 할 것도 없이 제일 먼저 등장한 횟집으로 들어갔다. 그렇게 걸었는데도 겨우 저녁 8시밖에 되지 않은 것에 놀란 셋은 모둠 회와 소주를 시키고 또다시 마시기 시작했다. 술을 마시기 전 정은은 횟집 주인에게 부탁을 하나 했다.

"저희 셋이 취하거든 택시 좀 불러주시고요. 택시 안 잡히면 여기 전화 걸어서 손님 좀 데리러 와달라고 해주세요."

그러고는 펜션 이름이 적힌 명함을 내밀었다.

"아니 얼마나 드시려고요?"

사장이 어이없다는 듯이 물었다.

"얼마나 마실지 몰라서 일단 부탁을 드리는 거죠."

"그러십시다. 편하게 드세요."

사장이 껄껄대며 웃더니 서비스 안주부터 내주었다.

술자리는 계속 옛날이야기였다. 그도 그럴 것이 난주나 정은, 미경에게 공통점은 과거밖에 없었다. 이십대를 같이 보냈다는 사실, 한 세월을 같이 통과했다는 사실만이 이제는 공통점이 하나 없는 마흔아홉 살 여자 셋을 하나로 묶어주는 가느다란 끈이었다. 그걸 난주도 정은도 미경도 모르지 않았다. 회가 말라가고 있었다. 매운탕을 먹을 순서였다. 난주가 횟집 주인을 불렀다. 이내 테이블 위로 매운탕 냄비가 차려졌다. 매운탕이 끓는 것을 기다리며 셋은 텔레비전으로 시선을 모았다. 북한의 김정은이 살이 찐 모습으로 공식 석상에 등장한 것이 뉴스로 나오고 있었다. 몸무게가 20킬로그램 이상 는 것으로 보인다며 건강 이상설에 대해 떠들고 있었다. 무심히 텔레비전을 보던 난주가 심드렁하게 말했다.

"20킬로그램이면 신생아 예닐곱 명쯤 되는 무게 아냐?"

"살찌는 거야 일도 아니지. 20킬로그램? 작정하면 일주일도 안 걸려."

그렇게 말하는 정은도 살이 올라 있었다. 아랫배는 물론이고 윗배까지 불룩했다. 얼굴도 살이 쪄 턱이 두툼한데다 눈코입이 작아 보여 어쩐지 사람이 옹졸해 보이기까지 했다. 젊을 때의 정은은 지금과 전혀 달랐다. 예쁘장한 얼굴에 긴 생머리, 귀여운 인상으로 인기도 제법 많았다. 물론 지금처럼 살집도 없었다. 난주는 쥐고 있던 젓가락을 슬그머니 내려놓고 괜히 자기 아랫배를 매만졌다. 난주의 아랫배는 납작했다. 정은은 난주의 시선을 의식하지 못한 채 하던 말을 이었다.

"난 아직도 김일성 죽은 날을 기억하잖아."

10년 만에 찾아온 기록적인 무더위로 매일 최고기온을 갈아치우던 여름이었다.

"1994년 7월 8일. 날짜도 기억해. 다음 날인 9일 토요일 점심때쯤 호외를 받았거든."

정은은 신촌에서 막 〈라이온 킹〉을 보고 나온 참이었다. 소개팅한 남자애와 함께였다. 정말 너무 더운 날이었다. 마치 한증막에 들어앉은 기분으로 힘겹게 걷던 중이었다. 그때, 오토바이에 탄 사람이 인도에 한 뭉치의 신문을 던져두고 앞으로 달려갔다. 오토바이가 일으킨 바람에 몇 장이 펄럭이며 위로 날아올랐다. 호외였다. 영화에서나 봤을 법한 호외라는 걸 정은은 그때 처음으로 직접 보았다. 호외에는 김일성 사망 소식이 적혀 있었다.

"나는 학생회실에서 알았어. 선배 하나가 막 달려와서 라디오를 틀어주더라고."

미경의 말에 난주가 의아하게 물었다.

"학생회실?"

미경이 쑥스럽다는 듯이 대답했다.

"신입생 환영회 때 멋도 모르고 선배들 따라갔다가 총학 일 했잖아. 한참 5·18 특별법 제정하라고 하던 때였거든. 1995년에는 시위도 나가고 그랬는데."

"그랬어? 우린 X세대 아니었어? 수능 0세대. 근데 무슨 데모?"

난주가 말도 안 된다는 표정으로 정은을 쳐다봤다. 동의 해달라는 뜻이었지만 정은은 덤덤히 소주잔을 비울 뿐이었다. 대신 미경이 대답했다.

"우리까지 발 담근 애들 있었지. 우리 때가 운동 끝물쯤 될걸?"

"난 병맥주 마시면서 록카페에서 춤췄는데?"

"그런 애들도 있었고, 아닌 애들도 있었고."

정은이 덧붙였다.

"그래, 미경이는 그때 산동네 공부방으로 봉활 가고 그랬잖아. 농활도 다니고 그랬을걸?"

"농활, 봉활. 추억의 단어다. 요즘 애들도 그런 거 다니나?"

"무슨. 요즘 부모들이 참 그런 거 시키겠다."

미경이 묻자 난주가 손사래를 쳤다.

"암튼 그래서 전쟁이 나니 마니 그랬잖아."

"그럼 IMF가 그 뒤야? 아니, 삼풍백화점이 뒤야?"

난주가 말간 표정으로 물었고, 정은이 대답했다.

"삼풍백화점은 1995년. IMF는 더 뒤지, 1997년."

정은은 같이 〈라이온 킹〉을 보고, 호외를 받았던 남자애와 그다음 해에 헤어졌다. 1995년은 삼풍백화점이 무너진 해였다. 남자애의 엄마와 누나가 참사를 당했다. 지금 생각해도 정은은 스스로가 용서되지 않았다. 이십대 초반의 아이들이 겪어내기에 너무 무거운 일이었다 하더라도, 가족을 잃은 남자 친구의 곁을 지켜주지 못하고 도망쳤던 자신이 한심했다. 같이 슬퍼하고, 같이 아파하고, 이겨낼 수 있도록 묵묵히 곁에 함께 있어주어야 했다. 그런데 그걸 감당할 자신이 없어 도망쳤다. 정은은 두고두고 후회했다. 그 후회가 온당한 것인지조차 의심하지 않았다. 정은은 현실을 외면한 자신이, 슬픔을 피해버린 자신이 비겁자라는 사실을 명확히 알았고, 세월이 지나도 변함없이 창피했다.

"넌 어떻게 그렇게 잘 기억해?"

미경이 정말 궁금하다는 듯이 눈을 동그랗게 뜨고 정은에게 물었다.

"기억하고 자시고 할 게 뭐 있어. 회사에서 쫓겨난 아버지가 장사 시작했다가 쫄딱 망했으니까 알지."

이번엔 미경이 난주에게 물었다.

"그럼 넌 그 어려운 시절에 결혼한 거야?"

"그런가봉가."

"뭐야, 그런가봉가는?"

"우리 때 유행어 아냐?"

"쪽팔려, 마셔라."

난주가 벌주인 양 소주를 마셨다. 난주와 정은, 미경은 마치 한이 맺힌 사람들처럼 술을 마셨다. 난주는 오랜만에 사람을 만나 말을 하는 것이 좋아서, 정은은 옛날 생각이 나서, 미경은 혼자가 아니라는 사실만으로도 안심이 되어 마셨다.

난주는 신혼 시절을 떠올렸다. 허니문 베이비였던 첫째 아이를 낳고, 세 살 터울의 둘째 아이까지 키우느라 허덕이던 시절이었다. 또래들은 갓 취업을 하거나 공부를 더 하겠다고 학교에 남거나, 그도 아니면 해외로 나가기 시작했다. 난주는 동기들과 혼자 동떨어져서 돌잔치 준비를 하고, 아이들 성장 앨범을 만들고, 문화센터를 다니며 두 아이 키우는 데에만 전념했다. 세상이 어떻게 돌아가는지 관심 없었다. 오로지 아이들에게만 온 정신을 쏟았다. 그것만이 자기가 할 일이었고, 그것이 자신의 쓸모를 증명하는 방법이라고 믿었다.

그래서 난주는 그 시절의 정은이나 미경이 어떻게 지냈는지 몰랐다. 그런데도 정은과 미경은 자신을 내치거나 버리지 않았다. 다시 말을 섞을 수 있을 때까지 기다려주었다. 지금까지 곁에 있어준 건 이 둘밖에 없었다. 고마운데, 고마워서 좋은데, 어쩐지 이 둘에게 다 들킨 것 같은 기분이 들어 자꾸 어깃장을 부리고 싶어지기도 했다. 서글퍼지기 싫어서 더 그랬다.

펜션 앞에 도착한 건 새벽 1시가 넘어서였다. 숙소로 들어가지 않고 바닷가를 걷자고 한 건 미경이었다. 밤인데도 펜션 앞의 해변은 가로등 때문에 환했고, 산책을 하는 사람들도 띄엄띄엄 보였다. 해변은 파도 소리와 셋의 떠드는 소리만 들렸다. 걸어온 길을 뒤돌아본 미경이 정은을 불러댔다.

"야, 야, 봐봐. 난주 팔자걸음."

세 명의 발자국이 죽 이어졌는데 난주의 발자국만 널찍널찍한 여덟팔 자 모양으로 푹푹 패여 있었다. 평상시에는 신경을 써서 걷는데 술에 취하니 편하게 걸은 모양이었다. 정은과 미경이 웃음을 참지 않았다.

"내 팔자가 어때서?"

"네 팔자야 우리 셋 중에서 제일 좋지."

"내가?"

"남편 돈 잘 벌겠다, 애들 똑똑하게 다 키워놨겠다, 집 있겠다, 차 있겠다, 빚 없겠다. 뭐 걱정이냐?"

"내가 걱정 없어 보여?"

"세상에 걱정 없는 사람이 어디 있겠어. 그래도 우리 셋 중에서 네가 제일 형편이 좋다는 거지."

"행복해 보이진 않잖아."

순간 정은과 미경은 뭐라 대꾸해야 할지 몰라 입을 다물었다.

"뭐야. 정말 그래 보인단 말이야?"

혼잣말을 한 난주가 킬킬댔다. 정은와 미경이 괜히 무안해졌다. 발밑에 찰랑거리는 파도 소리가 점점 더 크게 들렸다. 미경이 낮은 목소리로 물었다.

"그래서 안 행복해?"

"꼭 행복해야 하나?"

난주가 무심하게 대꾸했다. 정은과 미경이 가만히 고개를 끄덕이자 난주가 발밑의 젖은 모래를 꾹꾹 누르며 말을 이었다.

"사는 데 의미 찾고 하는 건 이십대 때 다 끝냈어야지."

정은이 허망한 표정을 지으며 난주에게 물었다.

"그럼 왜 사냐?"

"그냥 사는 거지. 사는 데 이유가 어딨냐."

"너무 허무하잖아."

"너무할 게 뭐 있어. 이렇게 나이 들다가 가버리는 거지."

정은과 난주의 대화에 미경이 끼어들었다.

"아직 산 만큼은 더 살아야 할걸?"

그건 좀 끔찍하다. 난주가 젖은 모래가 패인 자리에 바닷물이 차오르는 걸 보면서 중얼거렸다.

“이제까지 살아온 것도 지겨웠는데, 이만큼 더 살라니. 절망적인데?”

“뭐가 그렇게 지겨웠어?”

미경이 물었다.

“너희는 안 지겨워?”

정은이 고개를 끄덕이며 지겹지…… 하고 말끝을 흐렸다. 난주도 말을 이었다. 지겨워, 내가 늙어가는 걸 보는 거 세상 지겹지. 셋은 다 같이 입을 다물었다. 더 이상 말하지 않아도 다 안다는 뜻이었다. 그때 정은이 덥석 난주의 팔짱을 끼며 목소리 높여 말했다.

“근데 사실 난 안 늙을 줄 알았다!”

정은의 팔짱을 낀 난주가 이번엔 미경의 팔짱을 끼며 큰 소리로 대꾸했다.

“내 말이!”

셋이 동시에 웃음이 터졌다. 왜 웃는지도 모른 채 웃었다. 하도 웃다 보니 셋의 팔짱이 풀어지며 걸음이 휘청였고, 그 바람에 난주의 한쪽 발이 젖어버렸다. 물끄러미 젖은 발을 내려다보던 난주가 발장난을 하며 찰박찰박 소리를 냈다. 그러더니 슬금슬금 보폭을 키웠다. 정은과 미경이 말릴 새도 없이 어느새 물속으로 들어가버렸다. 미경은 소리를 질렀고, 정은은 계속 웃어댔다.

"미쳤어, 미쳤어!"

"걔 정말 취했네. 안 추워?"

첨벙거리며 물속에 들어간 난주는 급기야 펄쩍펄쩍 뛰어다녔다. 야! 너희도 들어와! 멀리 난주의 고함이 들렸다.

"곱게 취해야지, 저거 어떡하니."

"많이 마시더라."

정은과 미경은 조금 더 바다 쪽으로 다가갔다. 난주는 신난 사람처럼 자꾸 앞으로 나아갔다. 신발이 젖고 등허리에 소름이 돋았다. 미경이 정은의 팔을 붙잡고 물었다.

"걔, 왜 저러니?"

"그러게."

미경이 정색을 하고 물었다.

"죽으려고 저러는 거 아니지?"

"설마."

정은은 웃음을 거두고 난주를 쳐다봤다. 난주가 천천히 물속으로 걸어 들어갔다. 점점 멀어지고 있었다.

"난주야, 박난주!"

정은이 난주의 이름을 부르기 시작했다. 박난주, 나와! 야, 박난주! 미경도 소리를 질렀다. 야, 나와! 나오라고! 난주는 자기를 부르는 소리를 듣고도 그러는 건지 안 들리는 건지 그저 앞으로 나아갈 뿐이었다. 정은도, 미경도 따라 들어가 난주를 데리고 나와야 하는 건지 아닌 건지 선뜻 판단이 서지 않았다. 바닷물은 점점 더 차가워졌다.

십진분류표

서울역에 먼저 도착한 건 난주였다. 정은은 15분 뒤에 도착할 예정이었다. 미경은 주차장이라고 했다. 난주는 안양에서 지하철로, 정은은 오송에서 KTX로, 미경은 보은에서 자차로 서울역까지 이동했다. 오전 10시 1분 출발 강릉행 KTX, 이음 819 열차를 타기 위해서였다. 출발까지 50여 분 남은 상태였다.

난주는 안경을 꺼내 썼다. 그제야 전광판의 글씨가 선명하게 보였다. 안경이 없으면 길 찾기가 곤란해진 지 오래인데 이상하게 그게 그렇게 쓰기 싫었다. 마지막 자존심 같은 것이었다. 안경원 직원은 돋보기를 권했지만 들은 척도 안 했다. 안 보면 안 봤지, 돋보기라니. 난주는 가장 가까이에 있는 맥도날드로 들어갔다. 아이스아메리카노를 한 잔 주문하고 자리를 찾아 두리번거렸지만 좀처럼 빈 자리가 보이지 않았다.

정은은 막 한강철교를 지나고 있었다. 한강 물도, 늦가을 오전 하늘도 시리게 파랬다. 한강을 지나 용산, 남영역을 지날 때면 낮은 건물들의 어둡고 지저분한 뒤편이 고스란히 드러났다. 이십대에도, 삼십대에도, 오십을 앞둔 지금까지도 참 한결같은 풍경이었다. 시간이 흘러도 변하지 않는 것이 있다는 것이 새삼 신기했다. 퓨전 국악 배경음과 함께 곧 종착역에 도착한다는 안내 방송이 나왔다. 성격 급한 사람들 몇이 벌써 출입구 앞으로 줄을 섰다. 정은도 부지런히 그 줄 꽁무니에 따라붙었다.

미경은 주차장에 차를 세워두고 연거푸 두 개비째 담배를 피운 참이었다. 그래도 성에 안 차는 기분이 들었다. 하필 강릉이라니. 룸미러로 보니 두 눈이 벌겋게 충혈되어 있었다. 지난밤 잠을 못 자고 새벽에 출발해 도착한 서울이었다. 보은에서 강릉까지는 4시간, 서울까지는 3시간. 서울까지 올라와 같이 KTX를 타는 것이 효율적이었는지를 가늠하는 건 무의미했다. 이미 서울역이었고, 곧 난주와 정은을 만나야 했다. 미경은 다시 담배를 물었다. 한숨을 내쉬듯 길게 담배 연기를 뱉었다.

강릉에 가자고 한 건 난주였다. 매년 가을만 되면 나오는 말이었다. 어느 해는 설악산이었다가, 어느 해는 제주도, 어느 해는 서울 복판의 호캉스였다가, 남해이기도 했고, 군산이기도 했던 여행지였지만 한 번도 이뤄진 적이 없었다. 20여 년 동안 셋 다 같이 여행 한번 가자는 말만 할 뿐 정말 실행에 옮기지는 못했다. 난주와 정은이 차례대로 결혼과 출산, 육아에 전념하는 시기가 있었고, 셋이 제각각 다른 도시에 사는 탓도 있었다. 그래도 가을만 되면 누군가는 꼭 여행 가자는 말을 꺼냈다. 올해는 난주였다.

—강릉 어때?

가을 강릉 좋지, 라고 말한 건 미경이었다. 미경은 혼자 노모를 모시고 있었다. 연년생 언니는 연을 끊은 지 오래였다. 사정을 다 아는데, 그래서 못 갈 것이 뻔한데도 난주는 아랑곳하지 않고 떠들었다.

—그래? 그럼 올해는 강릉으로 고고.

마치 매년 진짜 여행이라도 다녔던 것처럼 말했다. 정은이 맞장구를 쳤다.

—진짜?

—말 나온 김에 날짜도 정해버려. 10월 넷째 주 금, 토,

일 어때?

—2박 3일이나?

—예원이 중딩됐으면 이제 너도 나올 때 됐어.

—너희는 다 시간이 되는 거야?

난주와 정은은 오케이 이모티콘을 띄웠다. 미경은 잠시 뜸을 들인 후에 다시 연락하겠다고 했다. 무리하지 말고. 정은이 문장을 올리니 난주가 이었다.

—그래. 힘들면 또 내년으로 미루면 되지. 우리 앞으로 30년은 더 살 수 있어.

다음, 다음, 다음으로 미뤄온 게 정확히 25년이었다. 난주와 정은은 사실 기대하지 않았다. 매년 익숙한 대화의 흐름이었다. 그날의 대화는 더 이어지지 않았다.

—가자!

이틀 뒤에 앞뒤 맥락 없이 가자는 말을 띄운 건 미경이었다.

—정말?

—어머니는?

—10월 넷째 주 금, 토, 일이면 27, 28, 29일 맞지?

미경의 문장 안에 어쩐지 다급함이 느껴졌다. 난주와 정은은 동시에 응! 이라고 답했다. 아무도 미경의 노모에 대해 묻지 않았다.

간신히 빈자리를 찾아 앉아 있던 난주를 발견한 정은은 선뜻 다가가지 못하고 키오스크가 줄 지어 서 있는 출입구에서 서성였다. 툭, 정은의 어깨를 친 건 미경이었다.

"뭐 해?"

"어, 미경!"

마주 선 정은과 미경은 서로 멈칫 아무 말도 하지 못했다. 마지막 봤을 때가 언제였는지 가늠하기도 전에 마치 서로 처음 본 사람처럼 낯이 설었다. 살이 올랐나, 인상이 조금 더 험해졌나, 아픈 건가, 그냥 피곤해 보이는 걸까. 정확히 알 수는 없지만 미묘하게 달라진 서로의 외관이 둘 사이의 거리를 만들었다. 그때 미경과 정은을 발견한 난주가 종종걸음으로 다가왔다.

"너희들 뭐야! 왜 나만 빼놓고! 야, 정은이는 왜 이렇게 부었어? 살찐 거야, 아픈 거야? 그나저나 넌 왜 이렇게 늙었니?"

난주가 미경의 얼굴을 쓰다듬으며 물었다. 미경이 무람없이 웃고, 정은은 어이없어 웃었다. 난주만 진지하게 걱정하는 얼굴로 미경을 바라보았다. 잠시만요. 출입구를 막아섰던 난주와 정은, 미경이 다른 손님들에게 자리를 터주며 비켜섰다. 선뜻 대화가 이어지지 않았다. 셋이 다 같이 만난 것은 7년 만이었다. 난주 아버지 장례식 때가 마지막이었다.

"누가 또 죽기만을 기다려야 하는 거냐고!"

"요즘 같은 세상에!"

"말이 되냐고. 7년 만이라는 게!"

누가 먼저랄 것도 없이 서로의 팔과 손과 얼굴을 어루만졌다. 지나가는 사람들이 흘깃거려도 아랑곳하지 않았다. 마흔아홉 살이었지만 그 순간만큼은 처음 만난 스무 살로 되돌아간 것 같았다. 기분은 그랬다.

*

최악의 폭염이 연일 지속되던 1994년은 에어컨이나 선풍기 품절 사태가 벌어지던 해였다. 열사병 사상자가 속출하고, 뉴스에서는 달궈진 아스팔트 위로 직접 달걀프라이를 선보이기도 했다. 그러거나 말거나 거리에서는 〈핑계〉 〈100일째 만남〉 〈일과 이분의 일〉이 울려대던 때였다. 난주는 그 당시 유행했던 짧은 플레어스커트를, 미경은 통이 넓은 긴바지를 즐겨 입었고, 정은은 알이 파란색인 선글라스를 가지고 있었다. X세대니 오렌지족이니 하며 스무 살을 규정했지만 정작 1975년생들은 자기네들이 무슨 공통점이 있는지 잘 알지 못했다.

1975년생들인 난주와 정은, 미경 셋이 친해진 건 참고문학론 수업의 같은 조였기 때문이었다. 그러나 그 당시 셋만 모이면 분류학 수업 이야기만 해댔다.

"아니, 이걸 무식하게 다 외우라고?"

"소수점 두 자리까지 외우래."

"열라 짱나지 않냐?"

난주가 조용히 중얼거리기 시작했다. 000 총류, 100 철학, 200 종교, 300 사회과학, 400 자연과학, 500 기술과학, 600 예술, 700 언어, 800 문학, 900 역사. 자기는 100번대는 다 외웠다는 것이었다. 정은이 대꾸했다.

"세상의 모든 정보를 그 열 가지로 나눌 수 있다는 거야? 그 열 가지 안에 들어간다고?"

"그런 거 아냐?"

"그럼 지금 이 상황은 뭐냐?"

"네가 화가 나 있으니까 100번대 철학에서 180 심리학으로 들어갈 수도 있고, 과제에 대한 불만이니까 300번대 사회과학에서 370 교육학으로 들어가도 되고."

미경은 10번대까지 외운 모양이었다. 난주가 킬킬대며 더 중얼거렸다.

"이게 지금 어이없는 상황이니까 연극? 연극도 뭐 번호 있지 않나? 600 예술에?"

미경이 자신 있게 대답했다.

"680 연극."

"죽고 싶다."

정은은 한숨을 쉬었다.

"죽을 거면, 470 생명과학."

미경이 진지한 표정으로 대답했다.

"그만 해. 안 웃겨."

"안 웃긴데 웃기니까 부조리문학, 부조리면 프랑스인가? 프랑스 문학 860."

"부조리면 그거잖아. 『고도를 기다리며』?"

"프랑스 문학, 희곡까지 들어가야지. 862."

"부조리하다 부조리해. 요즘 같은 세상에 그걸 일일이 하나하나 다 외우라니."

"근데 세계문학전집에 들어가 있는 거면 808도 가능해."

"미경아, 그만하지."

"다른 방법은 없나? 그게 다인가?"

난주는 고개를 절레절레 흔들며 커피우유 삼각포리의 맨 꼭대기 모서리를 이로 질겅거렸다. 셋이 앉아 있던 해방광장 중앙 계단의 그늘이 점점 넓어지고 있었다. 보다 못한 미경이 필통에서 가위를 꺼내 삼각포리의 끝을 잘라 빨대를 꽂아주었다. 미경은 매실주스를 손에 들고 만지막거리며 미안한 듯 말했다.

"나는 10번대까지는 외웠고, 1번대도 반 정도 외웠어."

"뭐야, 다들. 정말 나만 아무것도 안 한 거야?"

"미리미리 해둬야 편할 거 같아서, 학기 초부터 계속 봐왔거든."

"배신자."

난주의 삐삐가 울렸다. 금세 얼굴이 환하게 바뀐 난주가 자기 먼저 가겠다고 벌떡 일어났다. 난주는 손을 흔들며 공중전화가 있는 정문 쪽으로 달려갔다. 정은은 난주에게 시선을 떼지 않고 미경에게 물었다.

"쟤 요즘 누구 만나?"

"지난주에 소개팅했다던데?"

"그 기설과?"

"어? 행정학과 아니고?"

"재수 없어."

"난 부러운데."

해방광장 깊숙이 햇빛이 들어서고 있었다. 기말고사를 앞둔 초여름 오후였다. 삼삼오오 모여 다니는 학생들은 그 계절의 나뭇잎처럼 반짝였는데, 어쩐지 정은과 미경만 외

따로 뚝 떨어져 있는 기분이 들었다. 정은과 미경만 다른 세계에 있는 것 같았다.

미경은 자고 싶다고 해서 혼자 앉고, 난주와 정은이 같이 앉았다. 자리에 앉자마자 꺼낸 건 아이들 이야기였다.

"애들은?"

"다 큰 자식들 뭐 걱정이야. 예원이는?"

"중딩은 이제 카드만 달라고 하더라."

"많이 컸다."

"큰 걸로 치면 너만 할까."

난주가 낮은 한숨을 내쉬었다. 스물네 살에 결혼한 난주는 또래보다 아이들이 빨랐다.

"제대는 얼마나 남았어?"

"두 달."

"벌써? 미안. 원래 밖에 있는 사람은 시간이 빠르잖아."

"나도 왜 벌써 나오나 싶다."

"큰애는?"

"몰라. 나도 좀 알고 싶다. 뭐 하고 사는지."

난주는 첫째의 덥수룩한 긴 머리와 다듬지 않은 턱수염이 떠올랐다. 아침이면 비니를 푹 눌러쓰고 집을 나가 해가 지면 들어왔는데 어디서 뭘 하는지 도통 알 수가 없었다. 씻을 때 몰래 가방을 뒤져보면 부근 도서관에서 빌려 온 SF 소설만 대여섯 권씩 들어 있을 뿐이었다. 제대한 이후 복학도 하지 않고 1년째 똑같은 꼴이었다.

"넌 정말 다 키웠다."

"배부른 소리 마라. 네 때가 좋은 거야."

정은은 난주의 그 말이 참 싫었다. 네 때가 좋을 때야. 조금만 지나 봐라. 크면 큰 대로 더 큰 고민이 생겨. 그때가 편한 거야. 난주는 먼저 결혼하고, 먼저 아이를 낳아, 먼저 키웠다는 생색을 25년째 하는 중이었다. 그런 난주가 지난해 봄에 정은을 찾아왔던 적이 있었다. 예고 없이 정은을 찾아온 난주는 그저 별말 없이 커피 한잔 같이 하자고 했다. 정은이 아무리 무슨 일이냐고 물어도 그저 친구 얼굴 보러 온 거라는 대답뿐이었다. 그날의 난주 얼굴은 엉망이었다. 금방이라도 무슨 일을 저지를 것 같은 표정이었는데, 끝끝내 속이야기를 꺼내지 않고 돌아갔던 난주였다. 그때 이후 1년 만이었다. 그사이 속 썩이던 문제는 해결이 되었는지, 정은이 익히 알고 있는 난주의 모습으로 돌아와 있었다.

난주의 피부가 반들거렸다. 테이크아웃해 온 커피를 든 손을 보니 열 손가락 모두 단정하게 네일 장식이 되어 있었다. 가늘고 길쭉한 흰 손가락에 카키색 손톱이 무척 세

련되어 보였다. 검은색 스커트, 베이지색 니트와 같은 톤의 카디건, 화려한 숏 스카프까지. 어디 하나 튀지 않고 잘 어울리는 차림, 무엇보다도 카키색 네일이 난주의 전체 분위기를 그럴싸하게 만들었다. 정은은 슬쩍 난주의 손톱을 만져보았다. 네일 비용은 얼마일까. 손톱 개수대로 계산하나? 아님 네일 방법이나 종류에 따라 가격이 다른가? 그러고는 이번 달 예원의 학원비를 떠올렸다. 과학 학원을 보내달라는 아이에게 겨울방학부터 생각해보자고 미뤘던 것이 며칠 전이었다.

"왜?"

정은의 행동이 신기한 듯 난주가 물었다. 정은은 그냥 고개를 저었다. 마침 미경이 뒤척이며 자세를 고쳐 앉았다. KTX는 어느새 서울을 벗어나고 있었다. 난주가 미경을 측은하게 쳐다보다가 불쑥 정은에게 속삭였다.

"재는 더 늙은 거 같지. 그치?"

"아휴, 그 소리 좀 그만해."

"어디 아픈 건 아냐?"

"그런 말은 없었잖아."

"재가 언제 자기 이야기를 속 시원히 하는 앤가? 뭐 들은 이야긴 없어?"

난주는 꼭 자기가 모르는 걸 정은은 알고 있는 것처럼

말했지만 정은도 다를 바 없었다. 난주가 아는 것이 정은이 아는 것 전부였다.

그해 여름, 폭염이 연일 지속되던 날들 중에 난주와 미경은 정은이 모르는 하루를 같이 보낸 적이 있었다. 난주가 임신중단수술을 마치고 근처 모텔 방에 누워 있을 때 미경이 죽을 사 들고 난주를 보러 갔던 일이었다. 미경은 자기가 말수가 적어서 정은이 아니라 자기를 불렀다고 생각했다. 그러나 난주는 미경이 정은보다 자신을 더 이해할 수 있을 거라고 믿었기 때문이었다.

미경은 아까부터 난주의 이야기를 다 듣고 있었다. 얼마나 잤는지 궁금했지만 난주가 자기 이야기를 하는 중이어서 눈을 뜰 수가 없었다.

"정말 만나는 사람 없대?"

"있으면 말했겠지."

"재는 의뭉스러운 데가 있어서 숨겨놓은 남자가 있을지도 몰라. 그러고도 남을 애 아냐?"

"그렇기는 하지."

"남자가 아니라 여자여서 말 안 하나?"

"우리가 막힌 사람들은 아니잖아."

"그러니까. 아니 그리고 이제 와서 남녀가 무슨 상관이야. 누구든 옆에 있으면 얼마나 좋아."

"혼자가 더 좋을 수도 있어."

"딱해서 그렇지."

"멀쩡히 자기 일하며 잘 사는 애한테 별소릴 다 한다."

"하긴 있어도 없느니만 못한 것들도 많지."

미경은 난주의 입을 다물게 한 정은이 고마우면서도 다 아는 척, 자기를 꽤나 위하는 척하는 정은의 친절에 입이 썼다. 차라리 아무렇게나 뱉는 난주가 더 편하게 느껴지기도 했다. 미경은 더 이상 자는 척을 하지 못하고 눈을 떴다. 두통 때문이었다.

근래 들어 미경은 두통 때문에 잠이 얕고 짧았다. 뒤통수가 아플 때도 있고, 눈가 주변이나 머리 꼭대기가 아플 때도 있었다. 밤잠을 푹 못 자니 늘 피곤한 상태였다. 술을 마시고 자도, 안 마시고 자도 똑같았다. 눈살을 찌푸리며 일어나 이모에게 카톡을 보냈다.

—점심은 드셨어요?

—네 엄마랑 지금 막 먹었다.

이모에게는 매년 해오던 거짓말. 사서 재교육 연수라고 거짓말을 했다. 연수에 가야 한다는 핑계로 1년에 딱 한 번 엄마에게서 벗어날 수 있었다. 그 귀한 한 번을 올해는 난주와 정은과 함께 보내기로 한 것이다.

—걱정 마.

이모에게서 다시 카톡이 도착했다. 일흔여덟 살 언니를 챙기는 일흔 살 이모는 삼시 세끼를 자기 손으로 해 먹었고, 스마트폰도 사용할 줄 알았다. 10여 년 전, 미경이 보은으로 내려가게 된 건 이모가 사는 곳이기 때문이었다. 병약한 노모 옆에 자매라도 있으면 좀 나아질까 싶었다. 사실 그보다 급할 때 부탁할 수 있는 사람이 있다는 것만으로도 숨통이 트일 것 같았다. 그러나 막상 가까이에서 본 이모는 생각했던 것만큼 살갑거나 친절한 사람은 아니었다. 병명을 알 수 없는 엄마의 통증을 이모는 엄살이라고 일축했다.

"먹고사는 데 정신없어봐라. 아플 겨를이 어디 있나."

그때마다 미경은 입을 다물었다. 고개를 숙이고 부탁을 해야 하는 입장은 언제나 미경이었다. 미경은 가방 앞주머니에서 두통약을 꺼내 입에 넣었다. 정은이 괜찮으냐는 눈빛을 보냈다. 미경은 고개를 끄덕이고는 다시 눈을 감았다. 난주와 정은의 대화는 어느새 남편들 이야기로 화제가 넘어가 있었다. 끼어들 수 없는 이야기였다.

미경이 이번 여행을 주저했던 건 엄마 때문이 아니라 강릉이어서였다. 강릉은 난주와 정은에게 말하지 못한, 미경의 한 시절이 켜켜이 쌓인 곳이었다. 미경은 강릉이라는 말에 성희 언니를 떠올렸다. 한때 사랑했던 사람. 돌아오겠다고 했지만 결국 다시 남편에게 가버린 사람. 강릉에 살았던 사람. 얼마 전에 세상을 떠난 사람. 월드컵이 열리던 그해에 헤어졌으니, 근 20년 전의 일인데 여전히 생생하게 성희 언니 얼굴이 떠올랐다. 미경은 나이 든 성희 언니를 본 적이 없었으므로 마지막으로 보았던 삼십대 초반의 성희 언니가 죽은 것처럼 여겨졌다. 심근경색이라고 했다. 겨우 쉰세 살에. 쉰세 살의 성희 언니는 어떤 얼굴이었을까. 미경은 새삼 마흔아홉이라는 자신의 나이가 너무 무겁게 느껴졌다.

답답한 건 난주도 마찬가지였다. 남자 둘 모두 답장이 없었다.

—오늘은 맨 위 칸 고추장 감자찌개, 내일은 가운데 칸 소고기뭇국, 내일모레는 아래 칸 된장국 데워 먹어. 다 냉장고에 넣어놨으니까 보면 알아. 찌개만 먹지 말고 반찬도 꺼내서 먹고. 귀찮다고 라면 먹지 말고.

며칠 전부터 누누이 말해온 것들을 난주는 다시 한번 단톡방에 올렸다. 남편과 첫째가 있는 단톡방의 숫자 2가 줄어들지 않았다. 점심시간이 훌쩍 지나 있는데 다들 점심은 제대로 먹었는지 궁금했지만 이내 고개를 저었다. 그러고는 자기도 모르게 혼잣말을 했다. 또 이런다, 또. 다 부질없다는 걸 아는데 아직도 미련이 남은 사람처럼. 정은이 무슨 소리냐고 물었지만 난주는 고개를 저었다.

난주는 부쩍 외로웠다. 외로워서 문화센터도 다니고, 동호회도 가입하고, 남자들도 만나봤는데 그럴수록 더 외로웠다. 외롭다는 단어가 머릿속에서 뱅글뱅글 맴돌았다. 아침에 남편과 첫째가 밥도 안 먹고 나가버리면 밤 10시가 넘어서야 귀가했다. 군복무 중인 둘째가 휴가라도 나와야 간신히 식구들이 모였다. 하루 종일 열 마디도 하지 않는 날이 많았다. 사람들과 어울리는 날에나 자기 목소리를 들을 수 있었지만 그것도 이내 신물이 났다. 뭐든 난주를 채워주는 것이 없었다. 그것이 무엇인지 정확히 규정하지 못했지만 난주는 여하튼 자신이 늘 비어 있다는 생각을 버릴 수 없었다.

강릉까지는 이제 한 시간쯤 남아 있었다. 강릉이라니. 왜 그런 말을 해서 이런 번거로운 일정을 만들었는지. 다분히 충동적이었다. 10월 27일, 28일, 29일은 남편이 석 달 전부터 노래를 부르던 날짜였다. 죽고 못 사는 중학교 동창들과 제주도에 간다고 했다. 몇 주 전부터 골프채를 닦고, 수영복을 챙기고, 무슨 옷을 입을지 이것저것 꺼내보며 수선을 떠는 꼴이 거슬렸다. 처음도 아닌데 매번 더 꼴 보기 싫었다.

결혼식 날짜를 잡아두고 정은, 미경과 함께 여행을 떠난 곳이 강릉이었다. 25년 전, 갓 스물넷이 된 늦은 겨울이었다. 눈이 부시도록 젊은 나이인데, 왜 그 시절엔 너무 나이를 많이 먹었다고 체념했는지 모를 일이었다.

그 겨울 강릉에서 만난 남자들이 있었다. 지금 생각해보면 무슨 용기였는지 모르겠다. 결혼을 하면 아무것도 못한다는 생각이 들어서였을까. 주부로서의 삶이 답답하고 보수적인 일상의 연속일 것이라는 걸 알아서였을까. 정은, 미경과 함께 귀가 빨개지도록 추운 해변을 걷고 있을 때였다. 마주 오는 남자들도 세 명이었다. 마음만 먹으면 원하던 상대와 하룻밤 자는 건 일도 아니었다.

그랬던 난주는 이제 혼자였다. 오래된 친구는 정은과 미경뿐이었다. 그나마 속을 보일 수 있는 정은은 아이가 어렸고, 미경은 너무 멀리 사는 만큼 마음도 멀었다. 한참 자기 삶을 사는 친구들에게 자기만 할 일 없는 사람처럼 보이는 게 싫어 선뜻 연락하기도 쉽지 않았다.

그렇다고 이제 와서 일을 하겠다고 나갈 형편도 안 되었다. 할 줄 아는 일이라고는 아이들 키우는 일과 집안일, 그리고 자기 몸 하나 꾸미는 일밖에 없었다. 평생 전업주부로 살았다고 하면 남편 능력이 좋은가 보다는 말이나 듣기 일쑤였다. 남편이 능력이 좋아 난주가 누릴 수 있는 거라고는 혼자 있는 시간, 남아도는 시간뿐이었다.

정은이 난주에게 예원의 사진을 보여주던 중이었다. 순간 핸드폰 알림창에 뜬 문자를 난주에게 들키고 말았다. 담보대출, 전일 자동이체 잔고 부족, 연체 미해제, 입금 부탁드립니다. 난주와 정은의 눈이 마주쳤다. 정은이 씁쓸하게 웃으며 핸드폰을 거두었다.

정은의 이름으로 제2금융권에서 억대의 대출을 받은 남편이 또 날짜를 못 맞춘 모양이었다. 정은은 독촉 문자 내용을 그대로 복사해 남편에게 보냈다. 잠시 후 남편으로부터 답장이 도착했다.

—오늘 중으로 해결 가능합니다. 미안합니다.

동갑인 남편은 언젠가부터 자기가 잘못한 일에는 존댓말을 쓰기 시작했다. 너무 투명했다. 책임지지 못했다는, 수습하지 못했다는 자책과 죄책감을 덜어내기 위한 이기적인 행동이라는 것을 정은은 모르지 않았다. 정은은 핸드폰 화면을 끄고 눈을 감았다. 차라리 말이라도 못하면 어떨까. 다른 집 남자들처럼 말이라도 못해서 속이라도 긁어놓으면 마음대로 욕이라도 할 텐데. 정은의 남편은 늘 자신이 잘못한 점을 먼저 시인했다. 그로 인해 정은이 겪은,

혹은 짊어질 마음의 짐에 대해서 먼저 사과하고 미안해했다. 그러나 어떻게 해결할 것인지는 대안을 내놓거나, 번복하지 않겠다는 약속을 하지는 못했다.

남편의 잘못은 단 한 가지였다. 돈을 많이 못 벌었다는 것. 그래서 빚을 졌고, 그 빚을 못 갚게 되었다는 것. 그 전의 잘못은 코로나를 예측 못 하고 키즈 카페를 오픈한 것. 그 전의 잘못은 퇴직금과 대출을 모조리 끌어당겨 썼다는 것. 그 전의 잘못은 작은 회사를 다녀 박봉이었다는 것. 그 전의 잘못이라면 학벌이 좋지 않아 돈을 많이 주는 좋은 회사에 못 들어간 것. 그 전의 잘못은 좋은 학교에 들어갈 수 있게 공부를 잘하지 못했다는 것. 그 전의 잘못은 공부를 많이 시키지 못할 정도로 부모가 가난했기 때문, 일까? 아니 정은은 다시 생각했다.

처음부터 빚을 지지 말아야 했다. 빚 없으면 살 수 있었을까? 하루에 한 끼만 먹고, 집을 한 칸짜리 방으로 옮기고, 아이 학원을 안 보내고, 가지고 있는 걸 다 팔고, 남편과 정은이 잠을 안 자고 밤낮으로 일하면 빚을 안 질 수 있었을까? 정은은 다시 고개를 저었다. 무언가 이상했다. 빚은 결혼할 때부터 있었다. 결혼하기 전에도, 대학교를 다닐 때에도 있었다. 그 처음을 시작하지 않으려면, 태어나지 말았어야 했나. 그러나 생각은 길게 이어지지 못했다. 요의가 느껴졌기 때문이었다. 요의가 느껴지면 동시에 불안증이 돋았다. 당장 화장실에 가야 했다. 정은이 벌떡 일어나 복도로 걸어 나가자 난주와 미경이 눈을 동그랗게 뜨고 서로를 쳐다봤다.

한국십진분류표를 제일 먼저 외운 건 미경이었지만 셋 중에서 1학년 1학기 성적이 제일 좋았던 건 정은이었다. 과에서 2등이었고, 성적 장학금을 받았다. 난주는 관심 없는 사항이었지만 미경은 은근히 기대했던 장학금이었던 터라 예상하지 못한 정은의 성적에 놀랄 수밖에 없었다.

정은은 1등을 놓쳐 전액 장학금을 받지 못한 것이 영 아쉬웠다. 난주와 미경에게 시험 준비를 안 한 척 거짓말까지 하면서 몰래 공부했는데도 과탑을 못 한 자신에 대한 실망이기도 했다. 게다가 반액 장학금이어서 나머지 반을 정은이 직접 벌어야 했다. 난주는 남자 친구를 따라 속초로 환경 봉사활동을 간다고 했고, 미경은 아르바이트를 안 해도 되는 형편이었다. 대학생이 된 첫 번째 방학인데 돈 걱정을 하는 건 정은뿐이었다.

난주는 정은과 미경에게는 마치 자신이 주도적으로 결정한 것처럼 말했지만, 실은 환경학과였던 남자 친구의 같이 가보겠냐는 말에 즉흥적으로 응했던 일이었다. 5박 6일

동안 단체 일정을 마친 뒤에 둘이서만 강릉으로 이동해 2박 3일을 더 보낸다고 했다. 난주는 환경이나 봉사보다는 여름, 속초, 바다에만 정신이 팔려 있었다.

1994년 여름, 미경은 엄마의 소개로 동네 중학생 쌍둥이 자매의 영어 과외를 시작했고, 정은은 낮에는 파파이스, 저녁에는 호프집에서 아르바이트를 했다. 난주는 2박 3일 강릉 일정을 마치고 남자 친구와 헤어졌다. 정은과 미경은 난주가 왜 헤어졌는지 이유를 몰랐지만 원래 그 새끼가 나쁜 새끼였다고 그냥 같이 욕을 해주는 것으로 난주를 위로했다. 위로를 받은 난주는 마음대로 취하고 아무 때나 울고 아무 데서나 토하면서 생애 첫 실연을 온몸으로 이겨냈다. 그런 난주를 보며 정은은 연애가 끝났을 때는 술을 마시면 안 되겠다는 결심을 했고, 미경은 누구를 사귀든 연애는 비밀로 해야겠다는 교훈을 얻었다.

강릉에 도착하면 짐부터 풀기로 했다. 숙소는 안목해변의 끄트머리라고 했다. 강릉역에서 15분이 안 걸려 안목해변에 도착했다. 택시비는 육천팔백 원이 나왔고, 앞자리에 앉아 있던 난주가 결제했다. 경비는 여행이 끝나면 다 같이 정산하기로 했으므로 누가 지불해도 상관은 없었다.

짐부터 풀고 싶었으나 눈앞에 펼쳐진 바다 앞에서 난주,

정은, 미경은 잠시 입을 다물지 못하고 멍하니 서 있었다. 그 순간 난주는 두 아들을 떠올렸다. 같이 왔으면 좋았을 텐데. 정은은 비상금 통장의 잔액을 떠올렸고, 미경은 이제 좀 숨을 쉴 수 있을 것 같다는 생각을 했다.

숙소는 새로 지은 지 얼마 안 된 펜션이었는데 이름은 '안목을 기르다'였다.

"안목 좀 기르란다."

난주가 미경에게 장난스럽게 한마디 건네자 미경이 자기 옷을 내려다보며 촌스러워? 하고 대꾸했다. 정은은 문득 자기에게 한 말인가 싶었다. 검정 스판바지에 편하게 입으려고 산 보라색 기능성 티셔츠, 그 위에 남색 경량 패딩을 입은 자신이 제일 편해 보이긴 했다. 그런가 하면 난주는 딱히 색깔을 맞춘 것도 아닌 거 같은데 전체적인 톤이 맞고 분위기 있어 보였다. 미경은 운동화에 청바지, 하늘색 면 셔츠, 미니멀한 점퍼를 입고 있었다. 여행객의 복장이라면 다분히 자기 복장이 제일 적절하다고 생각했지만 정은은 어쩐지 머쓱해졌다.

배정받은 603호 문을 열자마자 셋은 동시에 소리를 질렀다. 거실 통창 너머 시야 가득 파란 바다뿐이었다.

"어머, 웬일이야!"

미경이 커다란 창문에 바짝 붙어 서서 바깥을 보았다.

"이건 또 웬일이니."

화장실부터 다녀온 정은이 거실 한쪽에 덩그러니 놓여 있는 커다란 대리석 욕조를 보고 놀란 얼굴로 난주를 쳐다봤다.

"요즘 유행이래."

숙소를 계약한 난주가 짐을 내려놓고 숙소를 한 바퀴 돌아보았다.

"요즘 애들 취향이 이런가 봐. 거실에 욕조 있고, 통창에 큰 침대, 큰 식탁, 패브릭 소파."

"인스타 감성이라는 거잖아."

어느새 창문에서 벗어난 미경이 소파에 털썩 주저앉으며 말했다.

"여하튼 크니까 좋다."

배고파! 난주가 소리치자 정은이 대꾸했다.

"난 2박 3일 동안 손에 물 한 방울 안 묻힌다!"

"당연한 거 아냐?"

미경이 새삼스럽게 왜 그런 이야기를 왜 하느냐고 되물었다. 어느새 난주가 신발을 신으며 나가자고 재촉했다.

고민할 것도 없이 펜션에서 가장 가까운 식당을 찾았다. 커다란 입간판에 해녀횟집이라고 써 있는 3층짜리 단독 건물이었다. 횟집의 1대 사장님이 해녀 출신이라는데 지금은 4대째 며느리가 운영하고 있다고 횟집 벽면에 여러 사진과 설명이 써 있었다. 사진도 글씨도 빛에 바래 제 색이 무엇이었는지 알아볼 수 없었지만 횟집은 깔끔하고 정갈했다.

점심시간이 지났는데도 여러 테이블에 사람들이 많았다. 메뉴는 단출했다. 모둠 회와 한접시요리 몇 개, 라면, 물회가 전부였다. 모둠 회는 인원수에 따라 금액이 달랐다. 메뉴판을 꼼꼼히 바라보던 난주가 4인 세트를 먹자고 했다.

"먹다 부족하면 짜증 나. 많이 시키고 차라리 남겨."

"아깝게! 먹어보고 부족하면 그때 더 시키든가."

정색을 하는 정은에게 난주가 대꾸했다.

"아까우면 다 먹으면 되지."

"미련하게."

"먹고 있는데 중간에 끊기는 거 딱 싫어. 줄어드는 거 보면서 속도 조절하며 먹는 것도 싫고. 야, 우리끼리는 좀 편하게 먹자."

말릴 새도 없이 난주가 주문을 해버렸다. 생선구이, 미역국, 꼬막, 가오리찜, 초당순두부에 샐러드, 각종 밑반찬이 차려졌다. 정은이 맥주를 시키자, 미경이 소주를 시켰다. 그러고는 횟집을 나가 입구에서 비켜선 곳에서 담배를 피우고 들어왔다. 짙은 담배 냄새가 났지만 난주도 정은도 뭐라 하지 않았다. 난주가 미리 만들어놓은 소맥을 내밀었다.

"일단 마시고 시작하자."

"야, 이게 얼마 만이니."

"25년. 말이 된다고 생각해?"

건배사처럼 서로 한마디씩 하고서 술잔을 비웠다. 알싸한 소맥이 빈속을 지르르 울렸다. 정은이 곧바로 술잔을 채웠다. 셋 중에서 술을 제일 잘 마시고, 제일 많이 마시고, 제일 좋아하는 건 정은이었다. 난주는 술을 못하는 편이었고, 미경은 분위기 정도는 맞출 수 있는 주량이었다. 정은이 허기졌는지 미역국을 마시듯이 먹었다. 미역국은 달았다. 곧이어 테이블 위로 커다란 접시가 놓였다. 종류별로 담긴 모듬 회였다. 회무침과 초밥도 같이 차려졌다. 셋은 허겁지겁 먹기 시작했다. 남이 해주는 음식은 무조건 맛있다는 말을 연신 주고받았다. 술이 몇 순배 돌았고, 4인분의 회 접시가 얼추 다 비어 있었다. 셋은 그제야 등허리를 의자 뒤에 붙이고 서로의 얼굴을 보며 근황을 나눴다.

난주는 삼수생이었던 둘째가 대학생이 되자마자 입대를 해서 이제 좀 살 것 같았는데 벌써 제대라고 했다. 정은과 미경은 그동안 고생했다고 난주를 위로했다. 난주는 진심으로 자기의 수고라고 생각했다. 고등학교 3년과 삼수

2년, 총 5년이었다. 세 살 터울인 첫째까지 하면 도합 8년간 수험생 엄마로 살아왔다. 8년의 시간은 정은과 미경은 도저히 이해하지 못할 것이었다. 안 겪어본 사람이 어찌 알겠어. 수험생 부모라는 건 그런 것이었다.

정은은 학교 이야기를 꺼냈다. 비정규직 사서 보조 자리도 없다고 말했다. 떨어지고 있다는 말 대신 빈자리가 없다고 표현했다. 군립도서관 사서인 미경이 고개를 끄덕였다. 난주가 아픈 데는 없냐고 물었다. 삐그덕삐그덕 다 똑같지 뭐. 도서관 대신 초등학교 급식실에서 일한다는 이야기를 하려다가 말았다. 당연히 이자카야 설거지 아르바이트 이야기도 꺼내지 않았다. 대신 예원이 이야기를 꺼냈다. 클수록 자꾸 제 아빠를 닮아가는데 그게 그렇게 싫다고, 자기도 모르게 속마음이 툭 나와버렸다.

미경은 MBTI에 대해서 이야기했다. 미경은 INTJ였다. 난주가 연근튀김을 먹으면서 대꾸했다.

"그 MBTI가 몰랐던 나를 발견하는 게 아니라 이미 알고 있는 내 성격을 다시 한번 확인하는 거잖아. 그래서 나랑 궁합이 안 맞는 MBTI랑은 안 만나겠다는 거야? 아니잖아. 그걸 왜 그렇게 좋아하는지 모르겠어."

"너 T지?"

정은이 묻자 난주는 뾰루퉁한 표정으로 대꾸했다.

"아니거든?"

난주의 말마따나 미경은 난주가 감정에 솔직한 ENFP일 거라 확신했다. 정은은 ESTP일 것이다. ESTP는 매우 현실적이라서 사람에 따라서 매우 삭막하다는 말을 들을 수도 있다. 체계적으로 딱딱 일이 잡혀 있는 것을 좋아하고 리더십이 있는 편. 딱 정은의 성격이었다. INTJ인 미경은 책임감이 강해서 본인이 맡은 일을 열심히 하는 편이고, 익숙한 것을 좋아해서 갑자기 변하는 상황을 좋아하지 않으며 쉽게 화내지 않는 성격이었다. 곰곰이 생각할수록 정확히 들어맞았다.

"언젠가는 혈액형에 난리를 치더니만. 언제였던가? 에니어그램이 유행할 때도 있었지?"

미경은 에니어그램 9번 유형이었다. 평화주의자, 중재자, 조정자. 꾸준함. 9번은 느긋함, 너그러움의 특징이 있다. 조금 더 정확히 표현하면 9w1. 9번이 1번 날개의 강점을 가질 때는 책임감 있는 사람이 되는데, 잘못된 것을 개혁하려는 경향도 보이고, 이상을 꿈꾸기도 해서 몽상가라 부르기도 한다. 미경은 자신을 대신 규정해주는 표식이 있다는 것이 좋았다.

속 시원히 근황 이야기를 꺼내지 않는 미경에게 난주가 미경의 엄마 안부를 물었다.

“그럭저럭. 많이 늙으셨어.”

“그럴 연세셔.”

“언제 한번 찾아뵈야 하는데 그게 쉽지 않다.”

마음에도 없는 말이라는 걸 미경은 알았다. 난주는 F니까. 그래도 고맙다고 대답했다. 소주 두 병에 맥주 다섯 병이 테이블 아래에 줄 지어 세워졌다. 그사이 난주는 대답 없는 가족 단톡방을 들락거렸고, 정은은 화장실에 네 번 다녀왔다. 미경은 담배를 피우기 위해 세 번 정도 자리를 비웠다.

미경의 강릉

미경은 해녀횟집 입간판 옆에서 담배를 피울 때마다 성희 언니를 생각했다. 성희 언니와 헤어졌던 스물일곱 살과 처음 만난 스무 살의 기억이 두서없이 섞였다.

총학생회에서 처음 만난 성희 언니는 재수에 휴학을 반복한 뒤라 스물네 살이었는데도 2학년이었다. 스무 살 미경에게 스물넷이라는 나이는 가닿지 못할 곳처럼 멀게 느껴졌다. 미경의 연년생 언니는 미경에게 언니였던 적이 없었다. 늘 경쟁자이기만 했던 연년생 언니는 미경의 일상에 함부로 참견하고 시비를 걸며 싫은 소리를 해댔다. 절대 좋은 소리를 할 줄 몰랐고, 곱게 말 한마디 건네는 법도 없었다. 그러나 네 살 위의 성희 언니는 단 한 순간도 언니가 아닌 적이 없었다.

다른 선배들은 취업 준비 스터디를 하고, 인턴이나 봉사활동을 하며 스펙을 쌓을 때 성희 언니는 신입생들을 모아놓고 학습을 시켰다. 『다시 쓰는 한국현대사』 『항일 무장투쟁사』 『무엇을 할 것인가』 같은 책들을 읽게 하고 발제를 시켰다. 첫 농활을 앞두고서는 『페다고지』나 이상권의 『가짓골에 장마져도』 윤정모의 『들』을 읽기도 했다.

성희 언니는 왼쪽 턱 아랫부분에 붉은 흉터가 있는데도 화장을 하지 않은 맨얼굴로 다녔다. 흉터 때문인지 피부가 더 하얗게 보였다. 하얀 얼굴 때문에 흉터가 더 붉어 보이는지도 몰랐다. 여하튼 성희 언니는 총학에서 교육부장이자 문화부장을 겸임하고 있었다. 회장과 사귄다는 소문이 잠깐 돌았지만 총학 내 연애 금지였기 때문에 그 소문은 오래가지 않았다. 또 하나, 성희 언니가 피우던 담배는 꼭 88이었는데, 미경이 피운 첫 번째 담배도 88이었다. 성희 언니를 따라 피운 것이었다.

미경은 성희 언니를 처음 본 날을 정확히 기억했다. 신입생 환영회였다. 자기소개를 하기 위해 일렬로 죽 서 있는 선배들 사이에서 성희 언니는 단연 돋보였다. 훌쩍 큰 키 때문이었다. 다른 여자 선배들과도 확연히 달랐는데 면바지에 셔츠를 받쳐 입고, 어깨를 넘는 긴 머리는 하나로 모아 노란 고무줄로 꾹 묶은 탓이었다. 누구도 그렇게 소탈하게 입은 여자 선배는 없었다. 성희 언니 역시 그 신입생 환영회의 미경을 기억했는데, 미경을 유난히 겁을 먹어 눈이 동그래진 여자애였다고 묘사했다.

그도 그럴 것이 민족이니 구국, 통일이라는 단어를 외치는 선배들의 구호가 영 낯설었기 때문이었다. 미경의 아버지는 고등학교 수학 교사였다. 전교조라면 치를 떠는 사람이었다. 선배들이 가르치는 구호들은 미경의 아버지가 대학교에 들어가는 미경을 앉혀두고 일러준 절대 하지 말아야 할 것들 중에 1순위였다. 부화뇌동. 쓸데없는 책임감. 뭐가 된 듯한 착각. 뭘 이룰 수 있을 것 같은 헛된 희망. 쓸데없는 애국심과 불필요한 동포애. 그런 것들을 선동하는 자들이 사회를 좀먹는 존재들이라고 주장했다. 세상은 우리가 아니라 무수한 나의 집합체라고, 그러니 자신을 먼저 생각하라 했다. 세상은 아무도 자신을 돕지 않는다고, 스스로를 구원할 것은 자기 자신뿐이라고 강조했다.

그래서였을까. 선배들을 따라다니며 추천 도서를 읽고, 토론을 하고, 때때로 다른 학교 총학과 연합하는 세미나에 참석하는 일련의 일들이 미경에게는 강렬하게 매혹적이었다. 자신이 얼마나 우물 안 개구리였는지 깨달을 때마다, 자신이 알고 있던 상식의 세계가 얼마나 보잘것없이 조작된 허상이었는지 알아챌 때마다 전율이 일었다. 물론 미경은 알고 있었다. 하지 말라고 배웠던 것들, 아니라고 믿었던 것들을 거부하고 부정하면서 얻는 기쁨은 아버지에 대한 반발심의 발로였다는 것을. 강압적인 아버지와 무기력한 엄마의 오랜 불화로 온기라고는 없는 집에서 벗어나기 위해서, 엄마 탓을 하며 집 밖으로 나돌기만 했던 아버지나, 누구 탓도 할 줄 모른 채 그저 침대 밖으로 나오지 못하는 엄마로부터 벗어나기 위해서였다는 것도.

미경이 자신의 가족사를 성희 언니에게 털어놓은 곳이 강릉이었다. 강릉은 성희 언니의 본가가 있는 곳이었다. 성희 언니를 따라 강릉에 갔던 건 2학년을 앞둔 겨울방학 때였다. 미경뿐만이 아니라 학생회를 같이했던 동기들과 선배들까지 예닐곱이 동행한 강릉행이었다. 누군가 왜 여름에 안 불렀냐고 하니, 성희 언니가 여름 강릉은 올 데가 못 된다고 딱 잘라 말했다. 성희 언니의 집은 연곡해수욕장에 맞닿아 있는 동네였다. 성희 언니의 집 대문에는 민박이라는 붉은 글씨 간판이 달려 있었다.

일행들은 싸 들고 온 음식과 성희 언니 부모님이 내어준 것들로 근 일주일을 강릉에서 보냈다. 중간에 가는 사람도 있었고, 중간에 오는 사람도 있었다. 처음부터 마지막 날까지 계속 머물렀던 사람은 미경이 유일했다. 딱히 하는 일이라고는 없었다. 늦잠을 자고 일어나 하루에 한 곳 정도 강릉의 유적지를 어슬렁거리고, 저녁에는 주제 토론이나 세미나를 하고 술을 마셨다. 술에 취하면 밤 해수욕장을 걸었다.

그 밤마다 미경은 성희 언니에게 자기 이야기를 했다. 살을 파고드는 겨울 바닷바람에 아랑곳하지 않으며 끊임없이 자기 이야기를 쏟아냈다. 아버지의 외도, 엄마의 오랜 우울증, 친언니의 냉소, 원하지 않는 전공, 과 동기들로부터 겉돌게 된 이유나 지금 자기가 어디에서 무얼 하는지 모르겠다는 고백까지. 두서없이 말해도 성희 언니는 중간에 말을 끊지 않았다. 미경이 그게 다예요, 할 때까지 조용히 귀 기울였다. 미경은 그게 좋았다. 성희 언니가 담배를 내밀며 피워볼래? 라고 물어서가 아니라, 성희 언니가 추우니까 들어갈까? 라고 어깨에 팔을 둘러서가 아니라, 울지 말라고 눈물을 닦아줘서가 아니라, 혼자라고 생각하지 말라고 다독여줘서가 아니라, 강릉을 떠나기 전날 미경에게 입맞춤을 해서가 아니라 그저 성희 언니여서 좋았다.

성희 언니는 미경보다 졸업이 늦었다. 휴학과 복학을 반복하며 매년 학생회에 들어오는 신입생들의 학습과 세미나를 맡아 진행했다. 학생회 활동을 하겠다는 지원자는 점점 줄었고, 한다 하더라도 성희 언니가 진행하는 학습을 하겠다는 신입생은 드물었다. 성희 언니의 커리큘럼은 해가 바뀔수록 빠르게 고리타분하고 진부한 것이 되었다. 무엇보다도 한 해가 다르게 세대 차이가 나는 신입생들에게 학습의 목적을 설명하는 것에 성희 언니 스스로 당위성을 잃어갔다.

미경이 졸업하면서 받은 2급 정사서 자격증으로 시설관리공단에서 위탁운영하는 구립도서관의 계약직 사서로 발령을 받은 건 스물여섯 살 가을이었다. 사서직 공무원 시험은 몇 년째 계속 떨어지고 있었고, 서른 살이었던 성희 언니 역시 임용고시를 준비 중이었다. 미경이나 성희 언니는 그저 해야 할 숙제처럼 공부를 했다. 희망이나 열망이라는 단어 대신 인생의 다음 페이지로 넘어가고 싶을 뿐이었다. 그 페이지에 안착하면 또 다음 페이지로 건너가야 한다는 숙제가 다시 주어진다 해도, 일단은 눈앞의 페이지부터 해결해야 했다.

다음해 성희 언니는 임용에 붙어 강릉으로 내려갔다. 미경으로선 뜻밖이었다. 성희 언니가 자기를 떠날 것이라고 생각한 적이 없었기 때문이었다. 그러나 성희 언니는 의외로 담담하게 말했다.

“난 서울에 아무 연고가 없어.”

“그럼 나는?”

미경의 질문에 성희 언니는 알 수 없는 미소를 지었다. 나는 어떡하고? 성희 언니는 입을 다물었다. 그건 너의 문제 아니냐고 되물을까 봐 미경은 서둘러 알겠다고, 그냥 알겠다고만 대답하고 더 묻지 않았다. 성희 언니가 무슨 말을 덧붙일지 어쩐지 두려워졌던 까닭이었다.

성희 언니가 강릉으로 돌아간 후 만남을 위해 움직인 사람은 언제나 미경이었다. 그것이 서운하거나 억울하지는 않았다. 자기가 더 사랑하므로 당연하다고 생각했다. 그러나 성희 언니는 미경과 달랐다.

성희 언니가 처음 부임한 고등학교에서 만난 국어 교사와 결혼한다는 소식을 전한 건 뜻밖에도 난주였다. 과 선배였던 난주의 남편이 성희 언니와 학번이 같았다. 난주 남편과 성희 언니가 같은 동아리였는지, 난주 남편도 총학에 있었는지 아무튼 둘이 오래전부터 접점이 있었다.

소식 들었어? 라고 운을 뗀 난주가 그래서 너 갈 거야, 말 거야? 라고 몇 번이고 다시 물었다. 미경은 대답할 수 없었다. 전화기 너머의 난주의 목소리가 환청처럼 들렸다. 불과 지난주에도 성희 언니를 만나고 왔던 미경이었다. 지난주까지만 해도 성희 언니와 함께 밤을 보내고 왔었다. 지난주까지만 해도 미경은 성희 언니와 함께 해가 바뀌면 함께 멀리 여행을 다녀오자는 이야기를 했었다. 지난주, 불과 일주일 전까지도 성희 언니는 똑같았다. 8년 동안 변하지 않는 표정과 체취로 미경을 안았던 사람이었다. 그런데 무슨, 결혼이라니.

미경은 도서관을 뛰쳐나오면서 성희 언니에게 전화를 걸었다. 성희 언니는 아무렇지 않게 전화를 받았다. 천연덕스러운 성희 언니의 목소리에 걸음을 멈춘 건 오히려 미경이었다. 미경이 다짜고짜 물었다.

—결혼한다는 소리가 뭐야? 맞아? 내가 제대로 들은 거야? 그게 정말 언니 이야기야?

—응.

—응?

—어쩌다가 그렇게 됐어.

—어쩌다가?

미경은 성희 언니가 한 말을 따라 할 수밖에 없었다. 대화를 먼저 이끌 여력이 없었다. 미경은 택시를 잡아탔다. 청량리역으로 가야 하는데 도로는 정체가 심했고, 성희 언니의 목소리는 차분했다.

—어떻게 알았어?

—지금 그게 중요해? 무슨 소리인지 말해봐. 사귀는 것도 아니고, 결혼?

택시 기사가 룸미러로 미경을 흘깃댔다.

—차마 말할 수가 없었어.

—하, 언제부터 속인 거야?

—속인 적 없어. 말을 안 한 것뿐이지.

—그게 속인 거라고!

—말을 안 한 것과 속인 건 다르지.

—그래서? 물어보면 그때 대답하려 했고?

—그래서 지금 하고 있잖아.

—내가 남한테 언니 소식을 듣고 물어보니까, 이제 와서? 응? 이제 와서!

—나는 거짓말을 한 적은 없어.

미경은 고개를 숙였다. 성희 언니는 미경에게 너뿐이라는 말도, 앞으로 함께 미래를 설계하자는 속삭임도, 심지어 사랑한다는 고백조차 한 적이 없었다. 그저 자신을 찾아온 미경을 밀어내지 않았을 뿐이었다.

—언니. 언니가 그동안 나한테 보인 행동들. 그게 다 언니의 언어야. 언니의 약속이었다고.

—난 아무 말도 한 게 없어, 미경아.

그사이 택시가 청량리역에 도착했지만, 택시 기사는 미터기를 끄고서도 미경에게 도착했다는 말을 하지 못했다. 미경은 손으로 두 눈을 감싸고 다시 물었다.

—그래서 정말 결혼을 한다는 거야?

—응.

—나를 사랑한 거 아니었어?

성희 언니는 아무 말도 하지 않았다. 미경은 절망스러웠다. 사랑하기 때문에, 사랑하느냐는 질문도, 사랑하고 있다는 확인이나 증표도 필요치 않다고 생각했던 자신이 처음으로 후회되었다. 한심했다. 미경은 전화를 끊었다. 통화로 할 수 있는 이야기가 아니었다. 택시에서 내린 미경은 청량리역으로 뛰어 들어갔다.

그러나 미경은 강릉으로 가는 기차를 타지 않았다. 탈 수 없었다. 자신이 성희 언니를 찾아가버리면, 성희 언니가 아프게 된다는 걸, 그래서 불행해질 것이라는 걸 너무 잘 알았다. 미경은 성희 언니를 주저앉힐 수 없었다. 미경이 원한 건 성희 언니뿐이었다. 성희 언니와의 찬란한 미래가 아니라, 그저 성희 언니뿐이었다. 가질 수 없는 존재라면 망가트리는 것이 아니라 놔줘야 한다는 걸, 그 방법밖에 없다는 걸 미경은 발권한 강릉행 기차표를 물끄러미 내려다보며 천천히 깨달았다.

*

계산을 마치고 해녀횟집을 나섰다. 앞서 걸어가던 난주가 뒤를 돌아 정은과 미경을 보며 허난설헌 생가에 가자고 했다. 정은이 5시가 다 되었다며 고개를 저었다. 미경은 인터넷 검색창을 보여주며 6시에 문을 닫는다고 말했다.

"한 시간이나 남았네. 택시 타면 금방이야."

"얘 취했네."

미경이 난주의 등허리를 쓸며 웃었다. 난주는 미경의 손길을 뿌리쳤다.

"꼭 가고 싶었던 데라고."

"내일 가, 내일."

정은이 난주의 팔짱을 끼며 숙소로 방향을 잡았다. 난주는 정은의 팔도 뿌리쳤다. 난주는 아무도 자기 이야기를 들어주지 않아서 못마땅했다. 자기 뜻대로 되는 일도 없고, 자기 마음대로 할 수 있는 것도 없고, 자기 하고 싶은 말도 마음대로 못 해서 서러웠다. 세상이 온통 자기를 거부하는 것들 투성이라 신경질이 났다. 무엇보다도 정은과 미경이 자기 이야기를 귀담아듣지 않아서 섭섭했다. 취한 탓이었다.

"똑바로 걸어봐."

"정말 취했어?"

난주는 흐트러지고 싶지 않았다. 그런데 정은과 미경, 셋이서만 마시면 영락없이 취하곤 했다. 그건 스무 살 때부터 그랬다. 난주는 정은과 미경을 번갈아 흘겨보고는 삐죽거렸다.

"너희들이 뭘 알겠어."

"그치, 우리야 모르지."

미경이 대꾸하자 정은이 맞장구쳤다.

"먼저 말해주지 않으면 누구도 몰라요. 말해. 뭐? 뭘 알아줄까? 우리 난주 비밀 있나 보다. 지금 얘기하고 싶어서 근질근질?"

"비밀이야 많지."

난주가 배시시 웃더니, 숙소로 향했다. 정은과 미경이 난주를 따라 웃으며 휘청거리며 걷는 난주의 뒤를 따라 걸었다.

어둑했던 해변 거리가 조금씩 밝아지기 시작했다. 횟집, 카페, 숙박 시설의 간판 불이 하나둘씩 켜지고 있었다. 지나다니는 사람들이 별로 없어 파도 소리가 간간이 들렸고, 공기는 낮보다 훨씬 차가웠다. 집이 아닌 곳이라는 감각, 낯선 즐거움이 묘하게 피어올랐다.

숙소에 들어선 난주가 시계, 팔찌, 반지와 귀걸이를 풀더니 소파에 풀썩 쓰러졌다. 치마 속 허벅지가 훤히 드러났다. 정은이 치마를 내려주었고, 미경이 베개를 가지고 와 머리를 받쳐주었다.

"술은 얘 혼자 다 마셨네."

"맨날 그랬잖아."

"내가 언제!"

"눈 좀 붙여."

미경이 헝클어진 머리칼을 귀 뒤로 넘겨주자 난주가 스르륵 눈을 감았다. 미경이 난주의 어깨를 투덕투덕 두드렸다. 냉장고에서 생수를 꺼낸 정은이 미경에게 물었다.

"넌 괜찮지?"

"나는 너만큼 많이 안 마셨어."

"그래. 담배 피우니까 술은 적당히 해라."

"넌? 이제 안 피워?"

"첫째 가지면서 끊었잖아. 20년이 다 되어간다."

"담배를 끊다니. 대단하다."

"담배 이야기 그만해. 안 그래도 아까부터 생각나서 힘들어."

"피워. 이런 날이 자주 있는 것도 아니고."

미경이 꺼내 놓은 담배는 말보루 골드였다. 정은이 테이블 위의 담뱃갑을 물끄러미 바라보면서 물었다.

"요즘은 전자담배 많이 피우던데, 넌?"

"난 연초가 좋아."

"연초? 야, 늙은이 같다."

정은은 자기가 내뱉은 늙은이라는 말에 혼자 흠칫했다. 미경은 덤덤하게 대답했다.

"늙은이 같은 게 아니라 정말 늙었어. 내년이면 쉰이야."

"2년 남았잖아. 다시 마흔여덟이라며."

"마흔여덟이나 마흔아홉이나. 마흔아홉이나 쉰이나. 생각해봐. 우리 스무 살 때 오십대 아줌마 아저씨들 어떻게 쳐다봤는지. 오십이면 완전 노인네 취급했어. 안 그래?"

"아, 끔찍하다."

정은이 막연히 떠올린 오십대는 모두 등산복을 입고 있었다. 아무 데서나 큰 소리로 떠들고, 빈자리가 나면 어떻게든 먼저 앉으려고 엉덩이부터 들이밀고, 화장실에 들어가기 전부터 바지 지퍼를 내리는 사람들. 그들과 똑 닮아버린 자신이 새삼스럽게 혐오스러웠다. 쪽팔렸고 울적했다. 연륜과 경력이 쌓인, 현명하고 우아한 시니어는 영화 속에서나 볼 수 있는 이미지였다.

미경이 정은에게 담배를 내밀었다. 정은이 쑥스럽게 웃으며 담배 한 개비를 빼 들었다.

"건물 뒤 주차장 쪽에 재떨이 있더라."

"그건 언제 또 알아봤어?"

"요즘은 담배 피우는 것도 눈치 보이고, 피울 데도 만만치 않아서 힘들어. 그래서 어디 가든지 흡연 구역부터 찾잖아."

정은은 숙소를 나섰다. 엘리베이터를 타고 내려와 미경이 말한 건물 뒤쪽으로 가니 지하 주차장 입구 부근에 재떨이가 보였다. 정은은 16년 만에 담배를 입에 물었다. 조금 떨리고 조금 설렜다. 흐읍, 숨을 들이키자 너무 자연스럽게 연기가 폐 속으로 들어왔다. 핑그르 어지러웠다. 16년 만에 피우는 담배라니.

대학 시절 난주, 정은, 미경은 모두 흡연자였다. 그중 정은은 제법 골초였다. 난주는 결혼 상대를 만나면서 끊었고, 정은은 아이를 가지면서 끊었다. 제일 늦게 시작한 미경이 가장 오래 피우고 있는 셈이었다. 참 아무렇지 않게 피우던 담배였는데 뭐가 이리 심각한 의미를 부여하게 되었는지. 정은은 한 개비를 끝까지 알뜰하게 다 피우고서 숙소 근처의 편의점으로 향했다. 네 캔짜리 수입 맥주 세트와 캔에 든 땅콩, 매운맛 육포 그리고 담배 두 갑을 계산했다.

숙소로 올라가니 난주는 이불까지 덮은 채 제대로 자고

있었고, 미경은 침대 끄트머리에 새우처럼 구부려 누워 있었다. 정은의 인기척에도 움직이지 않는 걸 보니 미경도 잠이 든 모양이었다. 정은도 나른하기는 마찬가지였다. 그렇다고 여기까지 와서 낮잠을 자기는 아까웠다. 정은은 맥주 한 캔을 들고 식탁 앞에 앉았다. 창밖은 여전히 훤했다. 맥주 캔 따는 소리에 미경이 부스스 일어나 앉았다.

"더 자."

"너는?"

정은은 맥주 캔을 들어 보였다. 미경이 물었다.

"같이 마셔줄까?"

"아니. 근데 너 술 많이 늘었다."

미경이 접시에 땅콩을 담아 정은 앞에 내밀더니 냉장고에서 자기가 마실 맥주를 꺼내 들었다. 셔츠 소매를 걷은 미경의 마른 팔과 뾰족한 팔꿈치가 어쩐지 서글퍼 보였다. 그러고 보니 난주의 말처럼 미경은 지난번 보았을 때보다 확실히 나이 들어 보였다. 미경이 진열장에서 유리잔까지 꺼내 식탁 위에 올려놨다.

"나 알코올중독인 거 같아."

"네가 중독이면 나는 진작에 죽었다."

예사로 한 말이 아니라는 걸 알았지만 정은은 가볍게 받아쳤다.

"매일 소주 한 병씩은 마셔야 잠이 와."

"소주?"

"응."

"맥주도 와인도 아니고 소주?"

"응."

"이왕 마실 거면 우아하게 와인 같은 거 마셔라. 폼이라도 나게."

"누구한테 자랑할 것도 아닌데 뭐 하러."

"그래도 우리 셋 중에서는 네가 유일한 커리어 우먼이잖아. 전공 살린 전문직 여성."

"그게 다 무슨 소용이야."

"있는 것들이 꼭 이렇다니까. 자기가 가진 걸 아주 우스운 걸로 알아요. 그럼 소주 사다 줘?"

미경이 고개를 저었다. 정은은 유리잔을 기울이고 천천히 맥주를 따랐다. 적당한 비율로 거품을 만든 맥주잔을 미경에게 내밀고, 미경의 맥주를 자기 잔에 따라 먼저 마셨다.

"맨날 소주 한 병이면 한 달이면 얼마야? 십만 원? 가성비는 나쁘지 않네."

미경이 희미하게 웃었다.

"안주는 먹으면서 마셔. 속 버린다. 안 봐도 뻔하지, 혼자 몰래 마시는 사람이 무슨 안주를 챙기겠어."

"혼자 마시지만 몰래 마시진 않아."

"누가 뭘 몰래 마셔?"

어느새 일어난 난주가 식탁 쪽을 바라보며 한 말이었다.

정은이 난주에게 더 자, 라고 말하면서 눈으로는 미경에게 물었다. 난주에게 말해도 돼? 미경이 고개를 끄덕였다. 정은이 큰 소리로 말했다.

"난주야, 얘 알코올중독이란다."

"못난아. 할 게 없어서 자기 몸을 혹사시켜? 미련한 것."

식탁 쪽으로 다가온 난주가 식탁 위를 훑더니 맥주를 꺼내 와 앉았다. 정은이 그 맥주를 다시 냉장고에 넣으며 말했다.

"난주 씨는 그만 마시고."

"너네 또 나만 따시키지?"

"진짜 따 안 당하려면 그만 마셔."

조금 쉬다가 마셔. 미경이 덧붙였다. 난주가 입을 삐죽거리더니 커피를 내리기 시작했다. 미경이 눈이 동그랗게 뜨고 물었다.

"해 다 지는데 커피?"

"잘 거야?"

"그럼 안 자?"

"누가 자래?"
"아니, 그건 아니지만."
"내일 뭐 할 일 있어?"
"허난설헌 생가 가자며."
"택시 타면 10분이다. 늦잠 실컷 자고 가도 되고. 그리고 또 안 가면 어떠냐."
"얘 봐라. 아까는 그렇게 난리더니."
셋이 중구난방 떠들어댔다.
"내가 언제 난리였니? 난리는 아니었다."
"그 정도면 난리지."
"난리는 알코올중독이 난리네. 아니 왜 술을 마셔. 무슨 일 있어?"
미경이 남은 맥주를 다 마시고는 맥쩍게 대답했다.
"무슨 일이 너무 없어서 마셔. 심심해서."
"미친년."
난주가 진하게 내린 캡슐커피를 얼음 컵에 부으며 혀를 찼다.
"욕하는 거 보니까 술 아직 안 깼네."
"야, 미친년한테 미친년이라고 하지. 그럼 뭐라고 하니? 담배에 술에. 남들은 다 하던 것도 끊는 나이에 왜 그래. 다 놨어? 될 대로 되라야?"

"무슨 말을 그렇게 해."

난주의 말에 정은이 더 면구스러웠다. 미경은 그저 눈웃음만 지었다. 정은은 마음속 말을 감추지 않았다.

"바보처럼 웃기는."

바보라는 말에 미경이 크, 웃더니 종내 깔깔댔다.

"취했네, 취했어. 이제 얘 차례네."

난주가 커피를 쭉 들이켰다. 그러더니 표정을 바꿔, 조금 전과는 다른 이야기를 했다.

"마실 만하니까 마시겠지. 죽지 않을 만큼만 마셔. 벌써 죽으면 좀 억울하잖니. 넌 처녀 귀신 될 텐데."

"누가 처년데?"

"정은아, 그런 건 대놓고 묻지 말자."

"내가 뭐."

"정말 처녀면 어떡하려고 그래."

난주와 정은은 실없는 말장난이나 우스갯소리를 이어갔고, 미경은 그들의 이야기를 들으며 맥없이 따라 웃느라 시간이 얼마나 빠르게 흐르는지 가늠하지 못했다. 캔맥주 네 개가 금방 동났다.

"맥주를 더 마실까, 아니면 저녁을 먹을까?"

난주의 말에 미경의 웃음보가 제대로 터졌다.

"얘, 뭐가 웃겨?"

"배 안 불러? 뭐가 또 들어갈 배가 있어?"

"당연한 거 아냐?"

"술배, 밥배, 커피배, 디저트배 다 따로 있는 거 몰라?"

미경이 웃음을 겨우 참더니 시장에 가자고 했다. 시장? 중앙시장? 미경이 끄덕였다.

"가서 저녁거리를 사 오자."

"닭강정 먹는 거임?"

"오징어순대!"

"씨앗호떡이랑 커피콩빵. 한과도 사야지."

난주, 정은, 미경은 누가 먼저랄 것도 없이 서둘러 겉옷을 입고 숙소를 나섰다. 미경이 위치를 검색하더니 택시로 15분 거리라 말했고, 정은이 택시를 호출했고, 난주는 지갑을 잘 챙겼는지 핸드백을 다시 열어보았다. 택시를 타기 전에는 숙소 뒤편의 주차장에서 다 같이 담배를 피웠다. 난주와 정은, 미경의 머리 위로 담배 연기가 맴돌았다. 지나가는 사람들이 흘깃댔지만 셋 중 누구도 아랑곳하지 않았다. 집이 아니어서, 사위는 어둑하고, 바다는 가까운데다, 시내에 나가기 위해 택시를 기다린다는 사실이 모두를 설레게 했다. 모처럼의 떨림이었다.

정은의 강릉

정은은 놀라 눈을 번쩍 떴다. 제일 먼저 확인한 것은 아랫도리였다. 팬티도 파자마 바지도 멀쩡했다. 그제야 주변을 둘러보았다. 미경은 소파에, 난주는 침대 위 정은 옆에 잠들어 있었다. 창밖은 아직 푸르스름했다. 시간을 확인하니 여지없이 3시 반이었다. 요의가 밀려왔다. 정은은 후다닥 화장실로 달려갔다.

한 번 느껴지면 참아지질 않는 요의였다. 아무리 아래에 힘을 주어도 조여지지 않았다. 터진 소변은 정은의 의지대로 멈출 수 없었다. 젖어가는 파자마 바지와 팬티를 내리는데도 소변은 천연덕스럽게 줄줄 흘렀다. 자기 뜻대로 제어하지 못한 채 펑 열려버린 아랫도리가, 욕실 바닥과 자기 손에 묻은 노란 소변이, 지독한 지린내가, 그 모든 것이 무참했다. 더 이상 병원에 가는 것을 미룰 수 없었다.

정은이 이 문제를 자각하기 시작한 건 지난여름부터였다. 그날 밤, 관계를 끝내고 일어서는 남편이 흠칫 놀라며 뒷걸음쳤다. 침대 시트가 흥건하게 젖어 있었던 것이다. 축축한 시트는 어둑한 조명에 검게 얼룩져 보였다.

"당신 생리하나 보다."

남편이 서둘러 욕실로 들어갔다. 정은이 뒷수습을 하라는 뜻이었다. 얼룩은 생리혈이 아니었다. 정은은 그것이 소변이라는 사실을 깨닫고 입을 다물 수가 없었다. 잠자리에서 소변을 못 참는 여자가 되었다는 사실이 너무 아득했다. 염색이야 진작부터 했고, 시력이 떨어지거나, 무릎이나 허리가 안 좋은 지는 꽤 되었지만 늙었다고 생각했던 적은 없었다. 나이가 들었다와 늙었다는 다른 의미였다. 그러나 벗어놓은 잠옷 바지로 다리 사이의 소변을 닦아내며 정은은 나이가 든 게 아니라 늙었다는 것을 절감했다. 젖은 시트를 벗겨내면서 욕실에서 더디 나오는 남편의 배려를 받는 자신이 처량했다.

그 뒤로 정은은 아무것도 모르는 척 구는 남편과 눈을 마주치지 못했다. 정은은 소심해지고 우울해졌으며 마흔아홉 살이라는 자신의 나이가 새삼 너무 무겁게 느껴졌다.

그래서 난주가 강릉에 가자고 했을 때 선뜻 응했던 것 같다. 도망치고 싶은 마음이었는지도 모른다. 어디서부터 도망인지 모르지만 여하튼 현재에서 벗어날 수 있을 것 같았다.

아랫도리를 씻고 상의만 입은 채 욕실 바닥을 닦는 자신의 몰골이 우습다 못해 기괴했다. 팬티와 파자마 바지를 빨고, 욕실 정리까지 다 끝낸 다음에야 수건으로 아랫도리를 감싸고 나왔다. 난주나 미경이 깰까 봐 조심스럽게 새 속옷을 꺼내 입고 다른 파자마 바지를 챙겨 입었다. 혹시나 하고 팬티를 열 장이나 챙겨온 자신이, 파자마 바지를 세 개나 챙겨온 자신이 미련하게 느껴졌다. 집으로 돌아가면 병원부터 가야겠다고 생각했다. 미룬다고, 모른 척한다고 될 일이 아니었다.

식탁 위는 지난밤에 먹은 것들로 어지러웠다. 닭강정에 오징어순대, 메밀전병, 여러 종류의 빈 맥주 캔과 뜯어진 과자 봉지 들이 아무렇게 펼쳐져 있었다. 정은은 담배를 챙겨 들고 숙소를 나섰다. 10월의 새벽 바닷가 공기는 생각보다 매서웠다. 정은은 건물 벽 쪽으로 고개를 돌려 담뱃불을 붙였다. 새벽, 숙취, 공복의 담배와 공기 속의 물기, 지금 나 혼자라는 사실, 그 모든 것이 얼마 만에 느껴보는 감각인지 몰랐다. 정은은 내친김에 담배를 문 채로 바닷가로 걸어 나갔다.

6년 전 여름, 정은은 휴가를 맞아 식구들과 경포해수욕장 카라반에서 2박 3일을 보냈다. 6년 전이면 마흔을 넘긴지 얼마 안 되었을 때였다. 남편이 회사를 그만두기 전이며, 초등학교에 입학한 아이가 얼추 새 환경에 적응을 마쳤을 무렵이었고, 계약직이었으나 아이의 학교에서 사서 교사를 했던 때이기도 했다. 모든 것이 순조롭고, 모든 것이 안정적이고, 모든 것이 희망적이던 시절이었다. 청약이 당첨되어 내 집만 생기면 더할 나위 없겠다고, 양가 어른 무탈하고 세 식구 건강만 하면 아무 걱정 없겠다고, 욕심 없이 소박하게 살면 남들처럼 평범하게 살 수 있을 거라고 기대하던 시절이었다.

남들은 도대체 뭘 하길래 그렇게 살 수 있는 걸까. 때가 되면 여행을 가고, 주말마다 외식을 하고, 백화점에서 옷을 사 입고, 비용을 지불하며 취미를 배우고 운동을 하는 사람들. 참 쉽게 해외로 여행을 가고, 참 쉽게 평수를 넓혀 이사를 가는 사람들. 6년 전만 해도 정은은 자기도 곧 그렇게 살 줄 알았다.

남편의 회사가 기울게 되고, 사서 교사 재계약이 안 될 줄 몰랐다. 시아버지가 은퇴하고 고향으로 돌아가신 후부터 시가에 매달 살림비를 보태게 되고, 사고 친 친정 남동생의 합의금을 구할 데가 없다는 올케의 통사정을 모른 척할 수 없어 모아두었던 비상금을 보내주게 될 줄도 몰랐다. 그뿐인가. 남편이 퇴직금이라도 받을 수 있을 때 나오겠다는 걸 말릴 당위성도 정은에게는 없었다. 코로나가 터질 줄 아무도 몰랐으므로 오픈한 키즈 카페가 보기 좋게 망할 줄은 더더욱이나 예상 못 한 일이었다. 빚더미에 오를 걸 예상하고 벌인 일이 아니었다.

6년 전 강릉에서의 정은은 행복했다. 뜨거운 한여름이었지만 아이는 차가운 바닷물 속에서 그 누구보다 큰 소리로 웃으며 좋아했다. 입술이 파래지면 모래놀이를 하고, 그새 콧잔등이에 땀방울이 맺히면 다시 물속으로 뛰어들었다. 물놀이하다 출출해지면 미리 싸 온 김밥과 수박을 먹고 지칠 때까지 물속에서 튜브를 탔다. 남편이 먼저 카라반으로 돌아가 저녁 준비를 하는 동안 정은은 아이가 아쉽지 않을 만큼 충분히 물놀이를 한 뒤, 비눗방울을 불어가며 카라반으로 돌아왔다. 그럼 남편이 숯불에 고기를 굽기 시작했다. 아이와 함께 씻고 나뭇잎무늬 커플 원피스를 입고 나무 식탁에 앉으면 알맞게 익은 고기가 차려졌다. 즉석밥과 숯불에 구운 고기와 바싹 익힌 소시지와 따뜻하게 익은 야채. 뜨듯한 어묵탕과 쌈 채소와 오이. 물기 맺힌 상추와 깻잎을 바닥에 탁탁 털어 두툼한 구운 고기 한 점과 생마늘과 쌈장을 찍은 풋고추까지 싸 서로의 입에 넣어주며 부부가 연신 맛있다고 말하다 보면 어느새 어둑해지던 카라반 캠핑장. 먼저 다 먹은 아이가 바람개비를 들고 뛰어다니면 남편과 정은은 그제야 느긋하게 이가 시리도록 찬 맥주로 건배하고. 때마침 불어온 바닷바람은 이마에 들러붙은 머리카락을 떨궈주는데, 혼자 놀던 아이가 이유 없이 달려와 품에 폭 안기며 엄마 사랑해, 아빠 사랑해를 외치던 그날 밤. 정은은 그 여름의 어느 하나도 잊을 수가 없었다.

새벽 바닷가 공기에 담배가 금세 눅눅해졌다. 정은은 바다를 마주하고 모래사장에 앉았다. 온몸에 습기가 들러붙는 거 같았다. 모래에 담배를 묻고 새 담배를 하나 더 물었다. 병원에 가면 된다고 생각했지만, 선뜻 발걸음이 떨어지지 않은 건 역시 돈 때문이었다. 모르면 몰랐지 알면 고쳐야 할 텐데, 비용에 대한 막연한 두려움이 아무것도 못하게 만든 셈이었다. 모르기 때문에 엄두를 못 내던 일은 비단 병원뿐만이 아니었다.

친정 엄마의 우울증이라든지, 아이의 친구 문제, 정은의 비상금 만들기 같은 문제들. 막상 달려들면 금세 해결할 수 있는 일들이었는데 엄두가 안 나서 주저하느라 일을 더 키우거나 미리 막지 못한 일들. 조금 더 일찍 시작했으면, 조금 더 일찍 깨달았으면 지금쯤 더 많은 것을 이뤘거나 덜 잃었을 것들에 대해서 생각했다.

강릉도 그런 것 중 하나였다. 그해 여름, 세 식구가 함께 보낸 강릉 여행 이후 다 같이 다시 또 오자는 약속을 지키지 못했다. 다음에 또 오자. 남편이 회사를 그만두기 전까지 그 약속을 지킬 수 있는 기회가 충분히 있었는데 그러질 못했다. 대신 이태 전, 정은은 남편 모르게 아이와 함께 강릉에 왔던 적이 있었다.

은행권의 대출이라는 대출은 다 받고, 그것도 모자라 제2금융권 대출까지 꽉꽉 채워 받았으나 원금은 고사하고 이자도 못 갚기 시작했다. 매일 독촉 문자와 독촉 전화가 걸려왔고, 금리는 계속 오르고 있었다. 남편은 주변 사람들에게 알음알음 빌린 돈을 생활비라고 내놓고 있었다. 집을 팔아 전세로, 다시 월세로 옮기는 데 1년도 안 걸렸다. 그마저 월세 보증금에서 매달 월세를 깎아먹는 중이었다. 남편과 정은이 밤낮으로 일을 해도 뭐 하나 제대로 메꿀 수 없는 지경이었다. 공과금을 내지 못하고, 냉장고가 비어가고, 쌀조차 떨어질 무렵, 정은은 아이와 함께 원주 시가로 갔다.

오송에서 청주시외버스터미널로, 청주시외버스터미널에서 원주터미널, 거기에서 다시 버스를 타고 한 시간. 예고도 없이 찾아온 며느리와 손녀를 본 순간, 무언가 직감했는지 시어머니는 다짜고짜 아이만 데리고 집 밖으로 나가버렸다.

정은은 팔순 시아버지와 마주 앉았다. 더 할 것도 덜 할 것도 없이 있는 대로 다 말했다. 죽겠다고 말했다. 아니, 죽을 지경이라고 말했다. 아니, 죽으러 갈지도 모른다고 말했다. 한숨만 쉬던 시아버지는 고개를 푹 수그리고 통사정을 했다.

"우리라고 뭐가 있어야 도와주지."

"이러다 정말 무슨 일 저질러도 몰라요, 아버님."

"두 노인 사는 이 집 하나밖에 없다."

"그거라도 주세요."

"그럼 우리는."

"저희는요?"

남편을 탓할 수 없었고, 아들을 흉볼 수도 없는 둘이 마주 앉아 무겁고 힘겨운 침묵을 견뎠다. 참다 못한 정은이 처음부터 다시 설명했다. 당신 아들 밤낮으로 일하고 있다, 당신 며느리도 놀고 있지 않다, 이미 친정 식구들한테 돈 빌려 쓰고 못 갚아 의 상해 얼굴도 못 비친다, 더 이상 살길이 없다, 짐 싸 들고 당신네로 들어오는 방법밖에는 없다, 그럼 당신들이 세 식솔 거둘 거냐, 거둔다 치자,

그럼 빚은 어떡할 거냐. 빚뿐이냐, 이자는 또 어떡할 거냐. 과오를 탓할 필요 없다, 이미 벌어진 일이니 해결하는 데 뭐라도 도와달라. 밭 한 뙈기라도, 선산 한 평이라도 팔아 달라, 집이라도 담보 잡아 돈 융통해줘라. 생때같은 손녀 길거리에 나앉게 할 거냐.

"난들 방법이 없는 걸 어쩌냐."

"몰라요, 아버님. 저는 할 만큼 다 했어요. 이제 어디 가서 죽는 것밖에는 할 수 있는 게 없어요."

"어째 그렇게 모질게 말을 해. 애 엄마가 그렇게 생각하면 어떡하냐. 예원이 생각도 해야지."

"네, 말씀 잘하셨어요. 예원이 불쌍해서 죽어도 저 혼자는 안 죽어요. 죽어도 같이 죽지."

"에헤, 못 하는 소리가 없어. 어디 그런……."

시어머니가 아이와 들어오는 소리가 들렸고, 대화는 거기에서 끝났다. 정은은 가보겠다고 일어섰다. 시아버지는 차마 일어서지도 못했다. 아이와 갈 채비를 하는 동안 시어른들끼리 잠깐 이야기를 나누더니, 시어머니가 사색이 되어 달려 나왔다. 아이의 눈치를 보느라 말은 제대로 못하고 그저 정은의 등을 두드리며 안 된다 안 돼, 라는 말만 되풀이했다.

"몰라요, 어머니. 이제 나도 몰라요."

정은은 입술을 꾹 깨물고 그 말만 했다. 시어머니가 아이 손에 만 원짜리 몇 장을 쥐여주고, 정은에게는 자기가 끼고 있던 금반지를 쥐여줬다. 그러고는 주머니에서 뭔가를 꺼내 정은의 가방에 쑤셔 넣었다. 얼핏 보니 금붙이들이었다.

"어머니, 이런 걸로는 안 돼요."

"받어. 지금은 이거밖에 없어."

정은은 만류하지 않았다. 그러고도 할 말은 다 했다.

"그 사업 하지 말자는 말을 제가 몇 번이나 했는지 몰라요. 제가 어머니 아들 고집 못 꺾는 거 아시죠? 저도 이제 몰라요."

아이가 할머니에게 꾸벅 인사를 하고 이미 앞서간 정은을 향해 종종걸음 쳤다.

원주터미널에서 정은은 강릉행 버스를 탔다. 정말 죽으려는 건 아니었고, 어른들 사이에서 괜히 눈치 본 아이가 딱해서 나중에 여행으로라도 기억에 남을 수 있게, 바다가 보이는 근사한 데서 밥 한 끼라도 사주고 싶은 마음에 처음부터 계획한 일정이었다.

버스 옆자리에 앉아 계속 핸드폰만 만지작거리는 아이는 정은에게 아무것도 묻지 않았다. 원래 눈치가 빤한 아이였다. 집안이 어떻게 돌아가는지, 집안 형편이 어떤지,

엄마가 왜 할머니 댁에 들렀는지, 할머니가 왜 서둘러 자기만 데리고 나갔다 왔는지 묻지 않는 아이였다. 정은도 굳이 거짓말을 할 생각이 없었지만 묻지 않는 걸 일부러 세세히 설명하고 싶은 생각도 없었다. 강릉터미널에 들어설 무렵, 아이가 정은의 팔을 톡톡 건드렸다.

"엄마."

"응?"

"우리 죽는 거 아니지?"

정은은 아이의 눈을 똑바로 바라보았다. 다 안다고 생각했는데, 아무것도 모르는 열두 살 아이였을 뿐이었다. 정은은 그제야 아이를 안았다. 남편과 싸울 때도, 아이가 다니던 학원을 그만두게 할 때도, 연체 고지서를 받을 때도, 늙은 시아버지 앞에서 사정을 할 때도 잘 참았는데, 속수무책 눈물이 뚝뚝 떨어졌다.

"아니야, 예원아. 절대 아니야. 엄마 예원이랑 즐겁게 여행하려고 온 거야."

아이는 품에 안겨 고개를 가로저었다. 믿지 않는다는 뜻이었다. 정은은 버스 승객이 다 내릴 때까지 계속 아이를 안고 아니라고, 정말 아니라고, 할아버지 할머니랑 이야기 잘 되어서, 강릉에 바다 보러 온 것이라고, 엄마와 즐거운 추억 만들러 온 거라고, 이제 다 끝났다고 끝도 없는 거짓

말을 해야 했다.

*

“순금으로 반달 노리개를 만들었단다. 시집올 때 시부모님이 준 거라서 다홍치마에 차고 다닌 건데, 오늘 너 떠난다니까 너한테 줄게, 정표로 차고 다녀라. 그거 길에 버리는 건 아깝지 않은데, 새 여자 허리에는 달아주지 말란다. 그런 시래.”

난주가 핸드폰 화면을 들여다보며 더듬더듬 시 해설을 읽어주었다. 마치 한문 선생 같은 말투였다. 미경이 시 제목이 뭐냐고 물었다.

“견흥. 회포를 풀다, 라는 뜻이래.”

난주가 대답을 하고선 아이스아메리카노를 죽 들이켰다. 숙취 때문에 두통이 가시질 않았다. 난주와 달리 따뜻한 음료를 든 정은과 미경은 난주 뒤를 천천히 따라 걸었다. 어깨가 선뜻한 것이 제법 늦가을이었다. 토요일 오전의 허난설헌 생가는 한적하다 못해 적막했다. 셋의 발걸음 소리와 새소리뿐이었다. 후원으로 들어가기 위해 좁은 흙길을 걸었다. 한 줄로 걷는 게 어색해서였는지, 정은과 미경이 난주가 읊은 시에 대해 뒤늦게 주고받기 시작했다.

"그러니까 밤새 잘 놀고서 헤어지기 전에 하는 말이네."

"근데 그 서방님이 자기 남편이긴 한 거야?"

"시부모가 준 거라서 차고 다녔다면서."

"외간 남자여야 재밌겠네. 시부모가 준 예물을 바람 피운 남자에게 주는 거지."

"그러면서 너는 딴 여자한테 주지 마라?"

"그게 여자 마음이지."

"근데 몇 살에 죽었다고?"

그때까지 듣기만 하던 난주가 대답했다.

"스물일곱."

"아이고, 애기였네."

난주가 말을 이었다.

"살아생전에 허난설헌이 세 가지를 한탄했는데, 조선에 태어난 것, 여자로 태어난 것, 자기 남편의 아내가 된 것이라고 했단다."

"어, 우리랑 똑같네?"

"남편 없는 미경인 빼고."

"그럼 난 엄마 딸로 태어난 걸로 하자."

"남편보다 엄마가 낫지!"

"엄마도 엄마 나름."

그런 이야기를 하는 동안 나무 문을 열고 후원으로 들어섰다. 근사한 배롱나무가 셋을 반기듯 서 있었다.

"여기 예쁘다."

"그러게."

"허난설헌도 예뻤다니?"

"아까 초상화 보니까 너보단 안 예쁘더라."

"뭐라니."

미경이 난주의 농담에 피식 웃었다.

"박명 안 한 걸로 봐서 안 예쁜 걸로."

"정은이가 뼈 때린다."

싱거운 농담을 주고받으면서 허난설헌 생가를 한 바퀴 돌고 나오자 정오가 다 되어 있었다. 점심은 출발할 때부터 정하고 온 초당순두부를 먹기로 했다.

"근데 왜 여기에 오고 싶었어?"

택시를 기다리며 미경이 난주에게 물었다.

"강릉 가볼 만한 곳으로 검색했더니 나오더라고."

"그게 다야?"

"그럼. 인생이 뭐 엄청난 필연과 대단한 목적으로만 이뤄지는 게 아니잖아?"

그때 택시가 도착했고, 미경과 난주의 대화는 거기에서 멈췄다. 걸어도 충분할 거리였지만 셋은 지난밤의 숙취를 이유로 택시를 탔다. 정은이 조수석, 난주와 미경이 뒷

좌석에 앉았다. 정은은 택시 기사에게 우리 셋은 친군데 20여 년 만에 온 여행이라느니, 지난밤에 술을 마셔서 가까운 거리인데도 호출을 할 수밖에 없었다느니, 하며 친절하게 와주어 고맙다고 떠들었다. 난주와 미경은 면구스러워 각자의 창밖만 바라보았다. 내내 혼자 떠드는 정은을 보며 난주는 정은이 아직 술이 덜 깬 건 아닌가 하는 의심이 들었다.

부스럭거리는 소리에 눈을 뜬 새벽녘, 난주는 정은의 아무것도 안 입은 거뭇한 아랫도리를 보고 깜짝 놀랐다. 화장실에서 수건을 두르고 나오더니만 그런 차림이었던 것이다. 난주는 얼른 눈을 감았다. 주섬주섬 옷을 입은 정은이 숙소를 나가는 소리가 들렸다. 난주는 침대에서 일어나 창문 앞에 섰다. 곧이어 정은이 바다 쪽으로 걸어가는 게 보였다. 해가 뜨기 전이었다. 바다와 하늘은 아직 검푸른색이었다. 난주는 정은에게 갈까 하다가 그 자리에 우뚝 멈춰 섰다. 모래사장에 털썩 주저앉은 정은이 앞으로 푹 고꾸라진 것이었다. 어찌 보면 절하는 사람 같고, 어찌 보면 오열하는 사람처럼 보이기도 했다. 안 되겠다 싶어서 겉옷을 챙기고 한 번 더 창밖을 바라보는데, 그사이 정은이 보이지 않았다. 난주는 겉옷을 제자리에 두고 다시 침대 위에 누웠다. 곧 문 열리는 소리가 들렸다. 숙소에 들어온 정은이 식탁을 치우기 시작했다. 난주는 잠결에 뒤척이는 척 돌아누웠다가 그대로 다시 잠이 들어버렸다. 허난설헌 생가에 가자고 미경이 깨운 건 9시가 다 되어서였다.

6시에 알람 소리가 울렸다. 미경의 핸드폰이었다. 눈을 뜬 미경은 멀뚱히 천장을 쳐다봤다. 익숙하지 않은 공기, 익숙하지 않은 이불과 베개를 살피며 어떻게 여기서 자게 되었는지를 떠올렸다. 하지만 기억나는 것이 별로 없었다. 머리가 깨질 듯이 아팠다. 얼마만의 과음인지 몰랐다. 물 끓는 소리가 들리고 얼핏 커피 냄새가 났다. 정은이었다. 식탁 위는 깨끗하게 치워져 있었다.

"괜찮아?"

미경은 고개를 끄덕였다.

"캡슐도 있고 믹스도 있어."

"숙취에는 믹스지."

"그치."

정은은 미경이 뭘 좀 안다는 듯 고개를 끄덕이며 숙소에 비치되어 있는 믹스커피 봉지를 탁탁 털어 컵에 담았다. 달짝한 냄새가 났다. 미경은 담배 생각이 났다. 주섬주섬 카디건을 걸친 미경이 믹스커피가 담긴 종이컵을 든 채로 숙소를 나섰다. 다른 때라면 엄마의 아침을 준비할 시간이었다. 엄마의 아침은 주로 죽이나 수프, 끓인 누룽지였다.

수저 옆에는 물컵과 아침 약을 놓아두어야 했다. 미경의 집은 늘 뭉근한 습기로 가득 차 있었다. 집을 나설 때에야 홀가분한 기분이 들었다.

미경은 아침마다 집에서 15분 거리의 장례식장과 함께 조성된 묘지공원으로 갔다. 주차장 구석에 차를 대고 집에서 내려 온 커피를 마시면서 담배 두 개비를 피웠다. 그리고 도서관으로 출근했다. 퇴근할 때도 묘지공원에서 담배를 피우고서 귀가했다. 장례식장 건물을 보며 담배를 피우다 보면 엄마도 매일매일 하루치의 수명이 줄어든다는 생각이 들었고, 그러면 어쩐지 위안이 되기도 했다. 그런 보통의 아침이 아니라 너른 바다 앞에서 마음껏 날숨을 뱉으며 담배를 피우니 속이 다 개운했다. 미경은 다음 날이면 다시 집에 가야 한다는 사실이 아쉬워지기 시작했다. 해가 다 올라온 바다는 환했다.

초당순두부집은 유명해서인지 손님이 많았다. 사람이 많은데도 자리는 충분했다. 얼핏 봐도 회전율이 좋은 식당이었다. 메뉴는 순두부백반과 순두부전골이 전부였다. 셋은 백반 하나에 전골 2인분을 시켰다. 주문하자마자 따끈한 모두부가 나왔는데 허기졌던 셋은 순식간에 먹어치웠다. 전골이 익는 내내 하얀 비지찌개와 무조림, 밑반찬을

집어 먹다 전골이 다 끓자마자 당연하다는 듯이 소주를 시켰다.

술 마신 다음 날 마시는 술은 왜 더 맛있는가에 대해서 근거 없는 이야기를 나누는 동안 셋은 간간이 핸드폰을 들여다봤다.

난주는 가족 단톡방에 들어갔다. 숫자 1만 남은 채 아무도 대꾸가 없었다. 난주는 남편과 아들 중에서 누가 읽지 않았을까 가늠해보았다. 아무래도 남편일 것 같았다.

—나는 잘 지내고 있음.

노란색 2가 대화체 말풍선 앞에 걸렸다.

—밥 잘 챙겨 먹고. 오늘 하루도 다들 잘 지내.

여전한 노란색 2. 남편은 난주와 같은 일정으로 제주도에 가 있을 테니 집에는 첫째만 있을 터였다. 집에는 들어왔는지, 뭐라도 먹었는지 알 도리가 없었다. 궁금해도 전화는 안 할 생각이었다. 퉁명한 목소리를 들을 바에야 혼자 답답한 것이 나았다.

미경은 이미 이모와 대화를 마친 상태였다. 엄마는 잘 잤고, 아침도 잘 먹었고, 잘 있다고 하는데 뭐가 불안한 건지 미경은 더 이상 대화가 이어지지 않는 화면을 무시로 열어봤다.

정은은 아이와 톡을 나누었다. 오늘은 오전에 수학 학원

보강이 잡혀 있었고, 오후엔 친구와 영화를 보러 간다고 했다. 아이에게 늦지 않게 일어났는지, 학원은 잘 갔는지 확인한 후 남편에게 전화를 걸었다. 남편에게는 아이 아침은 잘 먹였는지, 별일은 없는지 묻고, 아이의 귀가 시간을 잘 챙기라고 당부했다. 이야기를 끝내고 식당으로 들어가려는 참이었다. 좀 전에 통화를 마친 남편에게서 카톡이 왔다.

—미안해.

가슴이 덜컥 내려앉았다. 정은은 곧바로 남편에게 전화를 걸었다.

—왜, 무슨 일이야?

—아무 일 없어.

—근데 왜 미안해?

—친구들이랑 여행 한번 제대로 못 다닌 게 다 나 때문이잖아. 이제야 가게 한 게 미안해서. 그러니까 재미있게 보내. 나랑 예원이는 걱정 말고.

—말 돌리지 말고 할 말 있으면 빨리 해.

—아니, 정말로.

앞뒤 맥락 없이 미안하다니. 정은은 남편을 믿고 싶었으나 불안했다. 화장실에 다녀온다고 일어나 식당 밖에서 생활비 통장과 아이 명의의 통장을 확인했다. 잔액은 그대로

였다. 그래도 어딘가 모르게 찜찜했다. 들어와 밥을 먹던 정은은 이내 다시 또 밖으로 나가 담배를 피워 물었다.

남편이 나쁜 사람이 아니라는 걸 누구보다 잘 알았다. 하지만 한 번 잃은 신뢰는 다시 쌓기까지 시간이 필요했다. 정은이 아무리 생각해도 지금 이 상태로는 희망이 없었다. 빚을 갚기 위해 다시 빚을 지고, 이자를 갚기 위해 다시 또 빚을 지고, 여기저기 빌린 돈으로 생활비를 충당하고. 밑도 끝도 없는 꼬리물기를 어떻게 감당하겠다는 건지 정은은 알 수 없었다. 차라리 파산 신청이라도 해야 하는 거 아닐까. 정은과 아이에게 피해는 안 가게 하겠다면서 아이 학원도 그대로 보내고 여행도 가라 하고. 뭔가 잘못됐다. 남편이 뭔가 잘못 생각하고 있는 게 분명했다. 하아— 다시 시작한 담배를 이제는 못 끊을 것 같았다. 없는 형편에 담배까지 피우게 되다니. 머리가 지끈거렸다. 또 무슨 엄두가 안 나서 주저하는 건 아닌지, 정은은 스스로를 돌아봤다. 더 이상 잃을 것도 없는데도 그랬다.

"붉은 비단으로 가린 창에 등잔불 붉게 타는데, 꿈 깨어 보니 비단 이불이 절반 비어 있대. 서리 낀 차가운 새장에선 앵무새가 지저귀고, 섬돌에는 오동잎이 서풍에 가득 떨어졌댄다."

"그건 제목이 뭔데?"

정은이 식당으로 들어가니 소주 한 병을 다 비운 미경이 난주에게 묻고 있었다. 허난설헌 시 이야기인 듯했다.

"추한."

"가을의 한이라는 뜻이야?"

"그렇지."

"겨울의 한보다 가을의 한이 더 스산하다."

"또 하나 읽어볼까?"

난주가 핸드폰을 들고 허난설헌의 다른 시를 검색하는 모양이었다.

"아휴, 그만해. 심란하다. 나 사는 것도 복잡한데. 옛날 사람 고민까지 들어야 해?"

정은이 남아 있던 자기 잔의 소주를 한입에 털어 넣고는 다시 식당을 나섰다. 난주와 미경이 당황해 서로를 마주 보았다. 난주가 고개를 숙이고 작은 소리로 속삭였다.

"쟤, 왜 저래?"

"나도 모르지."

미경이 고개까지 가로저었다. 난주가 허리를 세워 고쳐 앉고는 아무 일 없었다는 듯이, 이번에는 단톡방에 허난설헌의 시를 올렸다. 미경의 핸드폰에 카톡 알림음이 울렸다.

—처녀적 친구들에게

예 놀던 길가에 초가집 짓고서
날마다 큰 강물을 바라만 본단다.
거울에 새긴 난새는 혼자서 늙어가고
꽃동산의 나비도 가을 신세란다.
쓸쓸한 모래밭에 기러기 내리고
저녁 비에 조각배 홀로 돌아오는데,
하룻밤에 비단 창문 닫긴 내 신세니
어찌 옛적 놀이의 추억을 견디랴.

"하여간, 너도 너다."

미경이 난주의 팔을 툭 쳤다. 난주는 장난스럽게 씩 웃고는 계산을 했다. 정은은 어디 있는지 보이지 않았다. 그때 정은에게서 메시지가 도착했다.

—나 바람 좀 쐬고 갈게. 너희들은 알아서 움직여.

난주가 미경을 보며 어떡하겠냐고 물었다.

"숙소로 가서 낮잠이라도 잘래? 아님 어디 돌아다닐까?"

"정은이 화났나?"

"화가 났든 삐졌든 제가 알아서 풀고 온다는 거잖아. 커피나 마시러 갈래?"

난주는 아랑곳하지 않고 택시를 호출했다. 도착지는 안목해변으로 설정했다. 미경은 정은에게 따로 메시지를 보냈다.

—어디야? 내가 갈까?

정은은 곧바로 읽었지만 답장은 없었다.

난주의 강릉

난주와 미경은 사이폰 추출 아메리카노를 각각 아이스와 핫으로 시키고, 카페의 시그니처 메뉴라는 바다라테를 한 잔 더 주문했다. 2층짜리 건물에 루프 탑까지 마련된 카페였는데, 안목해변가 카페가 다 그러하듯 바다 뷰가 멋지게 펼쳐진 곳이었다. 마침 일어나는 사람들이 있어 2층 창가에 자리를 잡았다. 미경이 루프 탑에 가보겠냐고 물었지만 난주는 고개를 저었다. 바닷바람 오래 쐬어봤자 좋을 거 없다는 것이었다.

테이블과 의자는 앤티크 스타일이었는데 찻잔은 심플하고 모던했다. 사이폰 추출 커피는 부드럽고 깔끔했다. 창가에 앉은 난주와 미경은 별 이야기 없이 창밖만 응시하며 커피를 마셨다. 창밖은 푸른 바다와 카페 앞 해안을 따라 죽 세워진 주차장의 차들로 장사진을 이루었다. 주말 점심때의 해안가에는 사람이 많았다. 하늘에 구름 하나 없는 전형적인 가을 날씨였다. 지루한지 미경이 핸드폰을 들여다봤다. 핸드폰에서 눈을 떼지 않고 난주에게 물었다.

"어떤 커피가 맛있는 커핀 줄 알아?"

난주가 심드렁하게 대답했다.

"기분 좋을 때 마시는 커피? 비 올 때 마시는 커피? 고기 먹고 나서 마시는 커피?"

"팔자와 운명을 바꾸는 커피래. 본인의 팔자와 운명이 바뀌지 않았으면 맛있는 커피를 마시지 않은 거라는데?"

"뭐야. 커피에 그런 거창한 의미까지 담아야 해? 누가 한 소리야?"

"박이추 선생."

"아, 그럼 인정. 그래서 박이추 선생은 그런 커피를 만났대?"

"어느 순간에 오지 않았고, 서서히 왔다는데? 때가 되면 자신도 모르게 달라져 있는 인생을 알아차리게 된대. 자기도 22년에 걸쳐 서서히 변화했대."

난주가 팔짱을 끼고 입을 비죽거리며 덧붙였다.

"그런데 나는 뭔가 확신에 찬 사람들, 자신의 믿음에 확

고한 사람들이 마음에 안 들더라. 그냥 자기 취향인 거잖아. 그걸 무슨 법칙처럼 말하는 사람들, 딱 별로야. 특히 평양냉면 예찬가들. 평양냉면 무슨 맛인 줄 모르겠다고 하면 이 맛있는 걸 모르면 인생 헛산 거라고, 인생의 맛을 모른다는 둥 별소릴 다 해대는데, 진짜."

난주는 남편을 떠올리자 순간 울화가 치밀었다. 난주의 남편이 딱 그런 사람이었다. 자신의 입맛, 자신의 취향, 자신이 알고 있는 상식이 세상의 전부였다. 그 외의 것들은 쓸데없는 정보, 잡스러운 습성, 천박한 감각이라고 함부로 폄하했다. 난주가 입고 있던 버건디색 레깅스도 남편이 봤다면 기함을 했을 터였다. 괜히 자기 무릎을 툭툭 치는 난주를 물끄러미 바라보던 미경은 그해 여름을 떠올렸다.

그때도 난주는 괜히 혼자 화를 냈다. 미경은 그저 난주가 불러준 모텔 호수로 찾아갔을 뿐이었다. 결혼식을 두 달 앞두고 임신중단수술을 한 난주에게 미경은 누구 아이인지, 어찌 된 일인지, 왜 그랬는지 묻지 않았다. 왜 아무것도 묻지 않느냐고 화를 낸 건 오히려 난주였다.

"알아서 말하겠거니 했지. 말하기 싫으면 안 할 거고, 할 만하면 안 물어봐도 네가 먼저 꺼낼 테고."

침대에 누워 있던 난주가 눈을 흘기며 돌아누웠다.

"죽 식는다, 좀 먹어."

"내가 환자니?"

미경과 단둘만 있게 되면 난주도 꼭 그 모텔 방이 떠올랐다. 강릉에서 만난 남자와의 하룻밤에 아이가 들어선 건 지금 생각해도 어이가 없는 일이었다. 사람의 일이라는 것이 참 얄궂었다. 두 달 뒤로 예식 날짜가 잡혀 있으니 당장 애를 지워야 했다. 그때 난주는 정은에게는 말하지 않고 미경에게만 말했다. 어쩐지 정은에게 말하면 싫은 소리를 들을 것 같기 때문이었다. 역시나 미경은 아무것도 묻지 않았다. 수술을 받고 대실한 모텔 방에 누워 있는 난주에게 미경은 전복죽을 사 와 먹으라고 내밀었다. 내가 환자니? 난주는 그때 자기가 했던 말을 정확히 기억했다. 그날 미경이 입고 있던 청바지와 보라색 셔츠도 선명했다. 그날 자기가 입었던 남색 원피스, 모텔 방 벽면의 불그스름한 기하학 무늬까지도 기억으로 남았다.

"그때 난 왜 널 불렀을까."

난주가 밑도 끝도 없이 물었지만 미경은 무슨 이야기인지 단번에 알아챘다.

"무서웠겠지."

"난 두고두고 후회했다. 너 부른 거."

"왜?"

"창피해서. 비밀을 만들지 못한 게 어른이 못 되었다는 증거 같아서 창피했지."

"겨우 스무네 살이었다. 어른은 무슨."

"그러게 애기들이었네."

그날 이후로 처음 꺼낸 이야기였는데 어색하거나 민망하지 않았다. 25년이라는 시간이 지나서인지, 마흔아홉 살이라는 나이가 그런 일 따위를 무감하게 하는 것인지 알 수 없었다. 내친김에 미경은 난주에게 전부터 궁금했던 걸 하나 물었다.

"요즘은 괜찮아?"

난주가 눈을 동그랗게 뜨고 미경을 쳐다봤다.

"뭐가? 뭐가 괜찮냐는 거야?"

자기 레깅스 색깔과 맞춘 난주의 버건디색 입술이 미세하게 떨리는 걸 미경은 놓치지 않았다.

"나 알고 있었어."

"뭘?"

"너 약 먹는 거."

난주는 아무 대꾸도 하지 못했다. 미경의 말에 수긍한다는 의미이기도 했다.

"어떻게 알았어?"

미경이 비죽이 웃으며 대답했다.

"알면 다쳐."

"정은이가 말했겠지, 뭐. 그게 뭐 대단한 거라고."

"뭐야, 정은이한테는 말한 거였어? 근데 왜 나한테는 말 안 했어?"

난주는 당황하며 미경을 쳐다봤다. 미경이 떫은 표정을 지었다.

택시에서 내리자마자 정은의 눈에 띈 건 수능 100일 전 기도 안내 현수막이었다. 왼쪽으로 물소리가 들리고 색색의 전등이 매달린 철조 터널을 지나니 보현사 경내가 등장했다. 대웅보전으로 올라가는 예닐곱 개의 계단 중앙에 색색의 국화 화분과 꽃 그림 기와가 가지런히 놓여 있어 경내의 분위기가 아기자기해 보였다.

정은은 종무소에서 초 네 개를 샀다. 하나는 자기 이름, 하나는 아이 이름, 나머지 두 개에는 미경과 난주 이름을 적었다.

정은은 법전에 자기 이름을 쓴 초를 올리고 아미타불, 관음보살, 대세지보살에게 삼배를 올렸다. 계절이 바뀔 때마다 절에 가 올리는 소망은 늘 똑같았다. 애 아빠가 잘되길, 딸아이가 잘 크길, 우리 가족이 행복하길. 그런데 이번만큼은 다른 소망을 빌었다. 내 마음이 조용해지길, 내 마음이 고요해지길, 내 마음이 잠잠해지길. 남이 바뀌기를 바라는 것보다 자신이 바뀌는 것이 더 빠르겠다는 걸 뒤늦게 깨달았기 때문이었다.

삼성각에서는 예원의 이름을 쓴 초를 올리고 절을 했다. 아이가 건강하길, 아이가 바르게 자라길 그리고 아이가 좋은 성적을 받기를 빌었다.

삼성각 옆의 소원탑에서는 난주와 미경을 위한 초를 밝히고, 이번 강릉 여행이 무탈하게 끝날 수 있게 해달라고 빌었다.

처음으로 남편에 대한 소망을 빌지 않았다. 그간 남편을 위한 기도와 소망과 염원이 다 쓸데없는 희망이어서, 이뤄지지 않는 일이어서 화가 난 것인지도 몰랐다. 정은은 이제 이뤄질 수 있는 것만 바라겠다고 생각했다. 이뤄질 수 있는 소망은 자신이 개입할 수 있는 일이어야 했다.

경내를 빙 돌다 보니 저 멀리 동해 바다가 내려다보였다. 그제야 난주와 미경을 두고 혼자 좋은 걸 보는 게 미안해졌다. 정은은 미경에게 카톡을 보냈다.

—어디니?

미경은 답이 없었다. 이번엔 셋이 있는 단톡방에 메시지를 남겼다.

—아까 미안. 이제 마음 다 정리됐음. 나 껴주삼. 어디?

난주와 미경 둘 다 확인하지 않았다.

—저녁 뭐 먹을래? 내가 쏠게.

문장을 올리자마자 난주가 답을 했다.

—아구찜.

이렇다 저렇다 말없이 미경은 아구찜 식당 주소를 올렸다. 정은은 피식 웃으며 택시를 불렀다. 저녁을 먹기엔 이르다 싶은 시간이었지만 그런 게 무슨 상관이냐 싶었다. 택시 안에서 정은은 아이에게 어디냐고 카톡을 남겼다. 막 영화를 보고 나와 카페에 가려 한다고 했다. 인증 샷을 보내달라고 하니 영화표와 브이 모양을 한 여러 개의 손 사진이 도착했다. 여러 명과 가는 줄 몰랐던 정은은 순간 찜찜한 기분이 들었다. 정은은 아이에게 전화를 걸었다. 아이는 받지 않고 카톡으로 왜? 하고 물었다.

—왜 안 받아?

—애들 있어.

—어디야?

—공차.

—나가서라도 받아봐.

—왜?

—엄마가 목소리 듣고 싶어서 그러지.

—ㄱㅊ

—너 남자애들이랑 같이 있어?

—머래.

아이는 그 뒤로 정은의 카톡을 확인하지 않았다. 정은은 남편에게 연락을 하려다 말았다. 아이가 여러 명과 영화를 봤다면 그 멤버들은 이현, 정빈, 혜빈이와 서율일 것이 뻔한데, 자기가 왜 이렇게 날이 서 있는지. 잠이 부족해서 그런 걸까. 아니, 남편의 메시지가 불안해서였다. 정은은 눈을 감고 좌석에 뒷머리를 붙였다.

잠깐 눈을 붙였다고 생각했는데 택시 기사가 도착했다며 정은을 깨웠다. 30분이 훌쩍 지나 있었다. 삼만 원이 넘는 택시비를 내고 내리자 만산 전통 아구찜집 앞에 난주와 미경이 서로 등을 맞대고 담배를 피우고 있었다. 정은은 오랜만에 만난 것처럼 난주와 미경이 반가웠다.

정은이 메뉴판을 훑었다.

"대? 특대? 뭘로 할래?"

"찜은 대로 먹고, 탕도 먹자."

난주가 식탐을 부리는 사람처럼 대답했다. 메뉴판에서 시선을 떼지 않은 미경에게 정은이 물었다.

"소주? 맥주?"

"당연히 소주지."

정은은 난주와 미경이 혼자서 뭐 했는지, 아까는 왜 그랬는지 꼬치꼬치 캐묻지 않아서 좋았다. 그러니 정은도 자기가 없는 동안 둘이 무엇을 했는지 묻지 못했다. 다만 오전과는 달리 난주와 미경 사이가 불편해 보였다. 정은이 물티슈로 손을 닦으며 먼저 운을 뗐다.

"술 마실 일도 없는 세상에 친구들이랑 있으니까 하루 종일 마실 수 있고, 신난다. 좋다, 아주."

"하긴 네가 말술이긴 했지."

수저를 놓는 난주의 말에 빈 컵에 차례대로 물을 따르던 미경이 맞장구를 쳤다.

"두 개의 간."

"도대체 얼마나 마셨으면 간이 두 개냐고 놀려?"

"잘 마시기도 하고, 잘 안 취하기도 하고, 숙취도 별로 없고. 영수 선배가 지어준 별명임."

"영수 선배? 캐나다에서 산다며?"

미경이 단번에 물을 다 마시자, 난주가 빈 컵에 물을 가득 따라주었다.

"뉴질랜드."

"아, 그래 뉴질랜드."

"영수 선배한테 술 많이 얻어 마셨는데."

"영수 선배 말고, 그 누구야. 영수 선배랑 맨날 붙어 다니던 선배."

"영욱 선배!"

"그래, 쌍영이들."

셋은 푭, 실없이 웃었다.

밑반찬이 차려지고 소주가 나왔다. 정은이 각자의 잔에 소주를 따르고 잔을 내밀었다. 난주와 미경도 잔을 내밀었다. 정은은 일부러 힘을 주어 난주와 미경의 술이 넘치도록 잔을 부딪쳤다. 서로의 잔이 마주치는 소리, 아깝게 술 넘쳤다고 한마디씩 하고, 그 왁자한 분위기에 정은은 마음이 놓였다.

미경도 안심이 되었다. 매일 소주 한 병씩은 마시고서야 잘 수 있었던 미경은 혼자 마시는 게 아니라는 사실만으로도 죄책감이 들지 않았다. 미경이 미소를 머금는 걸 보고서야 난주도 안도했다. 정신과에 다니는 걸 일부러 말하지 않은 게 아니라, 말할 기회를 놓쳤다는 걸 구구절절 이해시키다 보니, 마치 난주가 미경에게 큰 잘못이라도 한 사람처럼 쩔쩔매는 꼴이 돼버렸다. 난주는 자기를 곤란한 상황에 처하게 한 미경에게 서운했는데, 그 이야기 끝에 그만 버럭 화로 감정을 풀어버리고 말았던 것이다. 겨우 가방에서 떨어진 약봉지를 보고서 알게 된 사실을 대단한 약점이라도 잡은 듯 이야기하는 것이 못마땅했던 모양이었다. 연거푸 두 잔째 마시는 정은에게 미경이 한 소리를 했다.

"천천히 마셔라."

"마시고 죽자."

"그거 오랜만에 들어본다."

"동기 사랑 나라 사랑, 이런 말도 있었다."

"아, 촌스러워. 그땐 왜 그랬니?"

"다 그랬지 뭐."

다 그랬던 그 시절 이야기가 시작되었다. 대학교 앞마다 있던 여우사랑에, 기본 안주로 나왔던 물미역과 안주로 시킨 홍합탕에 물만 계속 부어서 끓여 먹었던 일들 하며, 피맛골, 고갈비, 남영동의 보디가드, 샤갈의 눈 내리는 마을, 엄마손떡볶이, 종로서적과 홍익문고가 두서없이 쏟아져 나왔다.

"체리콕! 그걸 요즘 다시 팔더라고?"

"미쳐."

미치면 안 되지, 라고 말을 받은 사장님이 대자 아구찜을 테이블 중앙에 놓았다. 보얀 연기가 폴폴 났다. 정은이 소주잔을 다시 내밀었다.

"먹고 죽자!"

"죽진 말고."

"야, 소주가 달다."

"소주가 단 날은 사고 치는 날인데."

시원한 소주에 매콤한 아구찜이 잘 어울렸다. 난주와 정은, 미경은 연거푸 소주를 한 잔씩 더 마셨다. 곧이어 휴대용 가스레인지 위에 아구탕 냄비가 올려졌다. 푸짐하게 올려진 쑥갓 향도 아주 좋았다.

셋은 매운 아구찜과 담백한 아구탕을 번갈아 먹으며 계속 대학 시절 이야기를 했다. 여름마다 갔던 재활원 봉사활동이나, 겨울방학에 갔던 제주도와 울릉도, 전국 일주와 체육대회, 각자의 동아리 이야기며, 도서관 실습 갔던 이야기, 소개팅 이야기, 기억하고 싶지 않은 흑역사와 연애담 들 그리고 까맣게 잊었던 동기들과 선배들과 후배들의 이름이 우후죽순 튀어나왔다. 정은이 네 번째 소주병 뚜껑을 따며 말했다.

"그래도 난 네가 수찬 선배랑 결혼할 줄은 꿈에도 몰랐다."

미경이 정은의 옆구리를 쿡 찔렀다. 미경이 조심스럽게 말을 흐렸다.

"옛날얘긴 이제 그만하자."

"그래. 옛날얘기 좋은데, 정은아 그 얘긴 하지 말자."

그러나 정은은 아랑곳하지 않았다.

"수찬 선배가, 왜, 그 누구니?"

"얘, 취했네. 야, 그 얘길 왜 꺼내."

미경이 난주 눈치를 보자, 난주는 웃으면서 그냥 두라고 했다. 어차피 모르는 사람도 없는 얘기였다.

"라율! 라율 선배."

"그래, 라율."

"이름 되게 희한해. 라율. 가율도 아니고 나율도 아니고 다율도 아니고 라율. 그치?"

"얘, 취했네. 너 이제 그만 마셔."

미경이 정은의 잔을 치우자 정은이 다시 빼앗으며 난주를 향해 한쪽 눈을 찡긋했다.

"술을 취하려고 마시지. 그치, 난주야?"

난주는 그냥 웃었다.

라율, 오랜만에 떠올린 이름이었다. 난주와 수찬이 사귄 건 수찬이 라율과 헤어진 직후였다. 그러나 과에서는 자기 때문에 라율과 수찬이 헤어진 것처럼 소문이 났다는 것도 알고 있었다. 그래서 결혼을 서둘렀을까. 난주와 수찬의 사랑이 진짜라고 공표하고 싶었던 걸까. 라율을 그저 결혼 전에 잠깐 만난 여자로 만들어버리고 싶었던 걸까.

그러나 난주는 이제는 잘 모르겠다고 생각했다. 무슨 상관인가 싶기도 했다. 라율과 사귀는 중에 자기를 만났을 수도 있었다. 남편 수찬은 그러고도 남을 남자였다. 그때는 몰랐지만 지금은 안다. 난주는 소주를 한입에 털었다. 뜨거운 아구탕 국물이 몸을 천천히 덥혔다.

미경은 몹시 불편했다. 정은이 라율 선배 이야기를 꺼낼 때마다 조마조마했다. 정은이 실언이라도 하는 건 아닌가 걱정됐기 때문이었다. 난주는 이렇게 된 거 말 못 할 거 뭐 있냐는 듯이, 신나는 표정으로 라율 선배 이야기를 하고 있었다. 라율 선배가 연희동에 살았다던지, 그 당시 유행했던 웨스턴 부츠를 신고 다녔다던지 하는 기억들을 꺼내 떠들었다. 정은은 맞다며 맞장구를 쳤지만, 미경은 조용히 소주를 마셨다.

정은과 미경이 수찬을 본 건 난주가 첫째 아이를 낳은 지 보름도 안 되었을 때였다.

신촌에서 만난 정은과 미경은 어색한 정장을 입고 있었다. 둘 다 면접을 보고 온 날이었다. 저녁으로 카레를 먹고 맥주를 한잔 할까 말까하며 백화점 쪽으로 걸어가던 참이었다. 시계탑 아래 서 있는 수찬이 보였다. 난주는 어떻게 하고 왜 이 시간에 저기에 있지? 정은과 미경이 의아해하며 수찬에게 다가가는데, 둘보다 먼저 수찬에게 다가간 여자가 있었다. 청치마에 흰색 셔츠를 입고 백팩을 멘 라율 선배였다. 수찬이 라율 선배 어깨에 가볍게 손을 올리자, 라율 선배가 수찬의 팔짱을 꼈다.

정은은 말하자고 했고, 미경은 말하지 말자고 했다. 비밀로 하는 것이 출산한 지 보름도 안 된 난주를 더 비참하게 만드는 일일지라도, 한편으로 정은과 미경만 입을 다물면 난주는 행복한 아기 엄마가 될 수 있었다. 미경의 완강한 태도에 정은도 고집을 꺾고 비밀로 하기로 했다.

"그 라율 선배가……."

미경은 정은의 옆구리를 한 번 더 찔렀다. 그만해. 정은이 히죽 웃으며 실없이 물었다.

"예뻤지?"

놀란 미경이 아무렇지 않은 척 맞받아쳤다.

"난주가 더 예뻤어."

"그땐 다 예쁘지 않았냐?"

"예쁠 때지. 그땐 몰랐지만."

"요즘 이십대 애들 봐봐, 얼마나 예뻐."

"맞아, 근데 안 예쁜 게 이상한 거 아냐?"

자연스럽게 나이 타령으로 넘어갔다. 미경은 소주를 단숨에 마셨다. 그러고는 아구찜의 콩나물을 잔뜩 입에 넣어 꾹꾹 씹어댔다. 미경은 라율 선배가 궁금했다. 그 둘은 언제까지 만났는지, 헤어지기는 한 건지, 그래도 그때 난주에게 말하지 않은 건 잘한 선택이라고 확신했다.

미경이 담배를 피우러 간 사이 난주는 가족 단톡방에 저녁은 먹었는지 물었다. 아무도 답이 없었다. 숫자 2는 사라졌는데 답이 없었다. 응, 이라고 한마디 쓰는 것이 그렇게 힘든가. 답을 안 할 거면 읽지나 말든지.

정은도 가족 단톡방에서 대화 중이었다. 아이가 저녁으로 먹었다면서 보내온 김밥과 쫄면 인증 샷을 보고 막 엄지척 이모티콘을 보낸 참이었다. 남편이 일이 있다고 나간 탓에 아이가 저녁을 혼자 먹었다. 남편은 일찍 들어가겠다고 했는데, 이미 이른 시간이 아니었다. 밖에서 뭘 하는지 도대체 알 수가 없었다. 정은은 자기도 모르게 한숨을 길게 내뱉었다. 언제부터인지 난주가 정은을 물끄러미 쳐다보고 있었다.

"그래도 넌 일도 구하고. 뭐라도 하려 하고, 할 수도 있다는 게 부럽다."

"난 마나님으로 사는 네가 부럽네."

난주와 미경에게 초등학교 급식실과 설거지 아르바이트에 대해서 이야기하지 않은 걸 잘했다고 생각했다. 마지막 자존심 같은 것이었다. 정은은 졸업 직후부터 사기업 자료실에서 일했다. 그러나 아이를 낳으면서 그만두었다. 미숙

아로 태어난 아이는 병원에 들락거릴 일이 많았다. 그때를 떠올리면 지금 공부하라고 잔소리를 왜 하나 싶었다. 건강히 살아 있는 것 외에 바랄 게 없을 때가 있었다는 걸, 이젠 너무 자주 잊었다.

"난 일은 아예 생각도 못 해봤다."

"너랑 나랑은 시작이 달랐잖아."

정은의 말이 맞아서 난주는 더 이상 말을 잇지 못했다. 그래, 알아. 안다고. 근데, 그게 그렇지가 않다고. 그런데 오히려 정은이 풀 죽은 목소리로 대꾸했다.

"난 너처럼 애를 잘 키우지 못하잖아. 못 해준 게 너무 많아서 늘 애한테 미안해."

"뭐래. 얼마나 더 잘 키워?"

"너만 할까."

"하긴, 나만 한 엄마도 없지."

"거 봐."

난주는 반평생을 아이들을 위해서만 살았다. 어느 엄마가 안 그러냐 하겠지만 세상에 모든 엄마들이 그런 건 아니었다. 난주는 스스로 생각해도 각별하게 먹이고, 색다르게 입히고, 유별나게 가르치고, 특별히 누리게 했다.

"그럼 뭐 해. 껍데기만 남은걸. 빈 둥지야, 빈 둥지."

"원래 인간은 외로운 존재야. 받아들여."

"웃기네. 저는 행복하게 살면서 친구는 외로운 거 참아라?"

"외로워?"

담배 냄새를 풍기면서 미경이 들어왔다. 바통을 이어받듯이 정은이 담배를 들고 식당을 나섰다.

"쟤는 그동안 어떻게 참았다니?"

"뭐. 또 언제 이런 기회 있겠어."

"우리가 25년 만에 왔으니까……."

"다른 사람들은 믿지도 않을 거야."

"부부 동반이나 가족끼리 뭉쳐서 여행 다니는 사람들도 많던데. 일단 네가 혼자니까 땡이다."

"뭘 또 그렇게 딱 꼬집어 말하나."

"그나저나 또 25년 뒤면, 일흔네 살에 오면 되겠네."

"일흔넷?"

미경이 허탈하게 웃었다. 난주도 따라 웃었다. 스물일 때는 마흔아홉이 감도 안 잡히는 나이였는데, 마흔아홉에서 일흔넷은 먼 나이 같지 않았다. 정은도 담배 냄새를 풍기며 들어와 앉았다. 아구찜은 바닥을 보이고, 아구탕은 졸아들고 있었다.

"2차 가야지."

"가야지."

"좋다. 돈 많아서."

"맞아. 2차, 3차, 마음대로 가도 되고."

"그 시절엔 왜 그렇게 돈이 없었니?"

"집에 돈이 없어서지."

"그런 집에서 용돈을 받아 썼으니 더 그랬지."

"알바했는데도 참 없었어."

"쓸 데가 좀 많았냐? 치장해야지, 연애해야지, 술 마셔야지. 와중에 또 책은 좀 사 읽었어?"

"그때 읽은 책이 내 인생 마지막 독서야."

"아이고, 이 아줌마야. 그러니까 아줌마 소리 듣는 거야."

"웃겨. 아저씨는 안 그런데 아줌마는 꼭 그렇게 나쁘게 쓰이더라."

"아줌마뿐이니? 아가씨도 그렇고 할머니도 그렇고."

"맞아. 여자가 동네북이지."

"그래도 아가씨 때가 좋았다. 그치?"

난주가 아슴아슴한 눈빛으로 허공을 바라보며 그 시절이 그립다는 말을 몇 번 반복했다. 그리운가? 정은은 난주의 저 표정이 이해가 안 되었다. 미경이 물었다.

"다시 돌아간다면 돌아갈 거야?"

"당연하지!"

난주는 당연한 걸 뭐 하러 물어보냐는 표정을 지었고,

정은은 단번에 싫다고 대답했다.

"왜?"

"난 충분했던 거 같아."

"뭐가."

"뭐든."

난주가 킬킬댔다. 따라 웃기는 했지만 정은은 정말 그 시절로 되돌아가기 싫었다. IMF가 터지고 아버지가 다니던 건설회사에서 일자리를 잃고 집안 사정이 급격히 안 좋아졌기 때문이었다. 퇴직금 사기만 당하지 않았어도, 그 돈으로 동네에서 칼국숫집을 하나 차렸어도 그 고생을 하지는 않았을 것이다.

연년생이었던 남동생과 정은은 번갈아 휴학계를 내고 각자 학비를 벌어 겨우 졸업을 했지만 막내는 대학교 입학을 포기해버리고 말았다. 말띠 여자애라고 해서 세상에 태어나지도 못할 뻔했던 막내는 말띠여서 정말 팔자가 드센 건지, 어째 사는 게 평탄하지 못했다. 변변한 일자리 한 번 제대로 가진 적 없었고, 연애는 매번 결혼 직전에 엎어졌다. 지금은 인천에서 지낸다는데 명절에도 보기가 수월치 않았다. 가족을 일궈놓고 책임 못 지는 남동생보다야 나았지만 막내를 생각하면 가슴이 먹먹했다.

"하긴 얘가 연애를 좀 했지."

말끝마다 연애 운운하는 난주에게 정은이 한마디 했다.

"발랑 까져서 제일 먼저 결혼한 건 당신이세요."

"그러니까 돌아가고 싶다고. 후회막급이야."

"이제 와서 어쩌겠어."

"그러니까. 술이나 마셔야지."

난주가 잔을 비웠다. 정은이 빈 잔에 소주를 따랐다. 주거니 받거니 하는 난주와 정은을 보며 미경은 웃음을 거두었다. 그 시절로 되돌아갈 수 있다면 미경은 되돌아가고 싶었다. 되돌아가 성희 언니를 다시 만나고 싶었다. 그럴 수만 있다면 이제는 성희 언니를 보내지 않을 것이다. 한 번쯤은 남의 가정을 망가뜨려서라도 자기의 행복을 찾는 사람으로 살아보고 싶었다. 한 번쯤은 옳고 그른 선택을 떠나 자신이 진정 원하는 걸 소유하고 싶었다.

모두 취한 셋은 아구찜집을 나왔다. 택시를 부르려는데 누가 걸어가자고 했다. 길을 안다는 것이었다.

"추운데?"

"걸으면 땀날 거야."

"술도 깰 겸 그럴까?"

셋은 해안도로를 따라 걷기 시작했다. 술기운 때문에 찬바람이 시원하게 느껴졌다.

*

자꾸 들여다보는 가족 단톡방은 조용한데 오픈 채팅방이 난리였다. 35~50, 3040, 혹은 7080이라는 검색어만 넣어 돌리면 끝도 없이 그룹 채팅방이 쏟아졌다. 난주가 처음 가입한 곳은 7080과 일상 공유, 소통, 문화생활이라는 단어가 조합된 채팅방이었다. 인원이 100여 명은 넘었다. 처음에는 읽기만 했다. 읽을 만한 가치가 있는 글이 하나도 없는데도 며칠 동안 줄곧 읽기만 했다. 둘째가 입대한 지 일주일 뒤부터였다. 하루 종일 말 한마디 안 하고 지낸 지 일주일째이기도 했다.

남자를 만난 채팅방에 달린 해시태그는 평범했다. 친목, 30, 40, 70, 80, 술, 노래, 여행, 취미, 오락, 여가, 재미, 일상, 사랑, 만남, 이별, 심심, 즐거움, 맛집. 난주를 사로잡았던 단어는 심심이었다.

두 아이를 대학에 보내고 나자 난주는 아무 할 일이 없어져버렸다. 아이들은 저 혼자 큰 것처럼 굴었다. 집은 씻고, 자고, 옷 갈아입는 곳일 뿐이었다. 밥을 먹는 일도 드물었다. 용돈을 받아 갈 때나 눈을 마주쳤다. 그동안 참아왔으니 이제는 자기 마음대로 살겠다는 듯이 구는 두 아이들에게 난주는 뭐라 할 수가 없었다. 남편과 꼭 닮아 있기 때문이었다.

시청 공무원인 남편은 골프와 친구에 미친 인간이었다. 일주일에 나흘은 골프, 나머지 사흘은 친구를 만나느라 귀가가 늦었다. 정말 골프만 치는 건지, 정말 친구들만 만나는 건지 난주로서는 확인할 도리가 없었다. 젊을 때는 확인할 수가 없어 애가 탔는데, 언제부터는 알고 싶지 않은 것까지 알게 될까 봐 두려웠다.

첫째는 도서관에 파묻혀 살았고, 둘째는 뭘 하고 쏘다니는지 도통 알 수가 없었다. 뭐라도 물어보기만 하면, 말해주면 엄마가 아느냐고 되묻기나 했다. 꼭 제 아빠한테 배운 말투여서 난주도 점점 입을 다물었다.

사실 그렇게 된 건 전적으로 난주 탓이었다. 대학만 가면 뭐든지 마음대로 해. 대학만 가면 네가 해달라는 거 다 해줄게. 못 해줄 게 뭐 있어. 그때는 네 세상이야. 그럼 뭐든지 다 할 수 있어. 엄마가 가라는 대학만 가주면. 그 대학만 가면. 난주는 두 아이를 그렇게 키웠다. 그래서 남들에게 자랑할 만한 대학에는 보냈으나, 아이들은 엄마로부터 떠났다. 그것이 두 아이들이 바라던 모든 것이었다.

시간은 많고, 만날 사람은 없었다. 난주는 문화센터의 민화반에 등록했다. 재료 준비를 하고 첫 번째 수업, 두 번째 수업까지는 흥미로웠는데 두어 달을 넘기질 못했다. 난주는 예술병에 취해 자의식만 가득한 중년 여자들의 수다가 역겨웠다. 수채화반에서는 재료 부심을 부리는 인간들이 꼴 보기 싫어서 석 달을 못 넘겼다. 요가는 경력자들과 강사의 친분에 소외받는 기분이 들어서, 글쓰기 수업은 잘난 척하는 젊은 강사에게 빈정 상해서, 거문고는 연습하기가 귀찮아서 중간에 포기했다.

마지막으로 등록했던 건 르네상스 미술사였다. 첫 시간, 강사가 스크린에 띄워준 다빈치의 〈모나리자〉와 〈담비를 안고 있는 여인〉, 미켈란젤로의 〈피에타〉나 에이크의 〈지오반니 아르놀피니와 그의 부인의 초상〉, 아르침볼도와 보티첼리의 〈봄〉, 브뢰헬의 〈거지들〉을 보다 말고 난주는 강의실을 뛰쳐나왔다. 르네상스 그림을 배우는 게 도대체 자기 인생에 무슨 의미인가 싶었다. 아니, 자기 스스로 외롭다는 걸 인정하기 싫어서 평일 오전에 안경을 쓰고 필기까지 하면서 공부할 일인가 싶었다. 위악은 그만 떨어야겠다고 생각했다. 자기를 감추는 일이 자기를 더 외롭게 만든다는 걸 깨끗이 인정하기로 했다. 그날, 난주는 오픈 채팅방을 통해 사람들을 만나 어울렸고, 마주 앉아 있던, 아내와 아이를 외국에 보냈다는 45세 남자와 호텔에 갔다.

집에 돌아온 건 새벽 3시가 넘어서였는데, 다음 날 지난밤의 늦은 귀가에 대해서 난주에게 이유를 묻는 식구가 없었다.

식구들이 다 나간 집에 덩그러니 혼자 앉아 있던 난주는 주섬주섬 짐을 쌌다. 메모 한 장 남기지 않고 집을 나섰다. 그 길 끝에 다다른 곳이 강릉이었다. 강릉에서 보낸 일주일 동안 난주는 총 열한 명의 남자들과 술을 마셨고, 그중 세 명과는 섹스를 했다. 그 누구에게도 난주는 자기 이름을 밝히지 않았다. 난주 역시 그들의 이름을 기억하지 않았다. 난주가 집에 돌아가게 된 건 둘째가 첫 휴가를 나오기 때문이었다. 강릉에 도착한 첫날, 남편은 전화를 걸어 난주에게 용건을 밝혔다.

—둘째 군 생활 마칠 때까지만 참아. 애 놀라지 않게. 휴가 날짜에는 맞춰 들어오고.

제대까지는 이제 두어 달. 난주는 마치 시한부 선고를 받은 사람처럼 날짜를 셌다. 두 달 뒤부터 무엇을 할지 정해놓은 건 없었다. 기이하게도 난주가 바란 건 혼자가 되는 일이 아니었다. 결코 단 한 순간도 혼자이기를 바란 적이 없었다. 난주는 시종일관 식구들에게 둘러싸여 집안일에 시달리고 싶었다. 끊임없이 식구들을 위해 움직이고 싶었다. 엄마가 아니면 아무것도 못 하는 어린 아들들과 아내가 아니면 양말 하나 찾지 못하는 철없는 남편을 둔 젊은 시절의 자기였음 했다. 그래서 빈말이라도 세 남자는 나 아니면 못 살 것이라고 앓는 소리를 하는 여자이고 싶었다. 여자의 주체성? 독립심? 자아 찾기? 그딴 건 개나 줘버리라고 하고 싶었다. 자신의 가치는 오로지 가족을 위할 때만 존재했다. 그것이 서글플 겨를도, 억울할 이유도 없었다. 평생의 절반을 그렇게 살아왔는데 이제 와서 자기만 빼고 다 알아서 살 수 있다는 데에 난주는 깊은 배신감이 들었다. 문득문득 세상을 다 잃은 기분에 빠졌다.

"난주야! 박난주!"

그래서 물속으로 들어간 건 아니었다. 처음에는 실수였다. 그때만 해도 되돌릴 수 있었다. 발끝이 젖었을 때 얼른 뒷걸음쳤으면 될 일이었다. 야! 나와! 나오라고! 그런데 자기 이름을 부르는 정은과 미경의 목소리를 듣자 그냥 엉망이 돼버리고 싶었다. 젖은 발을 말려 원래의 상태로 되돌리는 것보다 차라리 다 망쳐버리는 것이 훨씬 쉽기 때문이었을까. 발목을 적시고, 종아리와 허벅지를 차례대로 바닷물에 담그면서 난주는 묘한 안도감이 들었다. 온몸에 소름이 돋고, 머릿속까지 덜덜 떨려오도록 추위가 엄습해오는데도 비실비실 웃음이 났다. 멀리 정은과 미경이 자신의 이름을 부르는 소리가 들리는데 멈추고 싶지 않았다. 박난주! 그 어느 때보다 자신의 이름이 낯설기만 했다.

밤바다

그때 물속으로 뛰어 들어간 남자가 있었다. 그사이 난주는 가슴까지 물에 빠진 상태였고, 남자는 난주에게 빠르게 달려갔다. 정은과 미경은 숨을 죽이고 그저 바라보기만 했다. 남자가 난주의 팔을 잡아당겼다. 휘청, 난주가 중심을 잃고 넘어지는 바람에 물속에 완전히 빠져버렸다. 난주를 붙잡았던 남자도 함께 넘어졌다. 둘은 넘어졌다 일어서기를 반복하며 점점 모래사장 쪽으로 나왔다. 정은과 미경이 숨을 크게 내쉬었다. 드디어 홀딱 젖은 둘이 모래사장으로 온전히 드러났다. 정은과 미경은 그제야 온몸이 덜덜 떨렸다. 아무것도 할 수 없었던 자신들이 허탈하고 무기력했다. 남자에게 끌려 나온 난주는 정은과 미경을 보면서 씨

익 웃었다.

"차라리, 울어라 이년아."

정은이 남자에게 난주를 받으며 말했다. 미경은 아무 말 없이 난주의 등허리를 찰싹찰싹 계속 때려댔다. 곁에서 지켜보던 남자는 난주에게 계속 괜찮으냐고 물었고, 난주는 연신 밭은 기침을 해댔다. 눈물인지 젖어선지 난주의 얼굴은 엉망이었다. 얼굴뿐만 아니라 젖은 온몸이 다 그랬다. 그건 남자도 마찬가지였는데, 어느새 입술이 파랗게 변해 덜덜 떨고 있었다. 그 와중에 정은은 남자의 연락처를 물었다.

미경이 조심스럽게 방문을 닫고 나왔다. 정은이 미경에게 목소리를 죽여 물었다.

"자?"

미경이 고개를 끄덕였다. 정은이 미경에게 뜨거운 녹차를 건네며 말했다.

"이게 무슨 난리야."

"식겁했다."

"이만하길 다행이지, 정말."

"취해서 그런 거야, 아님 무슨 일이라도 있는 거야?"

"나도 모르지 뭐."

"그래도 너희 둘은……."

"너나 다를 바 없어."

미경이 녹차를 후루룩 마셨다.

"쟤 옷 어떡하니?"

"빨아야지 뭐."

"우리 신발도 다 엉망이고."

"우리도 하나씩 사 신고 가든지."

"하, 참. 물에 빠지는 캐릭터는 원래 쟤가 아니라 나잖아."

그렇지, 물에 빠지는 건 항상 너였지. 미경이 혼잣말처럼 중얼거렸다.

25년 전, 셋이 강릉에 왔을 때 물에 빠진 사람은 정은이었다. 취해서 빠진 건 아니었고 내기에서 졌기 때문이었다. 미경은 그제야 남자 세 명이 떠올랐다.

"저 남자들이랑 오늘 논다? 못 논다?"

난주는 논다고 했고, 정은은 못 논다에 걸었다. 마주 걸어오는 남자들에게 말을 걸었던 건 난주였다. 정은이 미경을 바라보며 같이 놀자고 직접 말해서 노는 건 반칙 아니냐고 말했지만 소용없었다. 정은이 난주의 팔을 잡아당겼지만 난주는 아랑곳하지 않았다. 여하튼 셋과 셋은 맥주를 마시게 되었다. 술자리 끝에 바닷가 산책을 가자고 한 건 난주였고, 그 길에 물속으로 들어간 건 내기 벌칙을 받은 정은이었다. 정은을 따라 물에 빠진 남자가 있었는데, 그 남자가 그날 밤 정은의 파트너가 되었다. 11월의 바닷물은 몸서리치도록 차가웠고, 낯선 이성과의 하룻밤은 충분히 뜨거웠다.

어렴풋이 떠오르는 장면 하나. 밤바다, 온몸을 덜덜 떨던 정은, 정은의 젖은 청바지에 허옇게 들러붙은 모래들. 순간 정은이 자기를 잡아끌었다. 같이 빠질 심산이었다. 그때 모래사장 쪽에서 미경의 팔을 덥석 잡아준 사람이 있었다. 미경은 고개를 흔들었다. 잊은 줄 알았던 기억이 무작정 떠올라버린 것이다. 숨이 차고 가슴이 답답해졌다.

씻으러 갔던 정은과 남자가 합류해 다시 술자리를 시작했다. 밤새 마실 것 같은 분위기였는데 난주와 정은이 어느새 남자들과 짝을 지어 사라져버렸다. 술집에 남은 건 미경과 한 남자였다. 키가 작고 마른, 바다에 빠질 뻔한 미경을 잡아준 그 남자였다. 미경은 어색한 분위기를 어쩌지 못하고 자꾸 술을 마셨다. 잔이 빌 때마다 남자가 술을 채워주었다. 기억은 거기에서 끝이었다. 다음 기억은 방문을 열고 나가는 어떤 남자의 뒷모습과 미경 스스로가 여관 출입문을 열고 나가는 장면이었다. 어두운 곳에서 밝은 곳으로 나갔기 때문에 눈이 부셔 인상을 썼다는 것이 선명히 떠올랐다. 그런데 전날 밤부터 그 직전까지가, 그사이가 가위로 자른 듯 깨끗이 비어 있었다. 무슨 일이 벌어졌는지 전혀 알 수 없는 미경은 난주와 정은에게 그날 밤에 대해서 이야기하지 않았다. 입을 다문 건 난주도 정은도 마찬가지였다.

정은도 25년 전을 떠올리고 있었다. 물에 빠진 정은을 따라 빠졌던 남자도 떠올랐다. 잊고 살았는데 떠오르고 말았다. 난주와 한 남자가 먼저 자리에서 일어났고, 정은도 곧이어 일어선 기억까지 나는데, 그다음은 기억이 가물했다. 그날 정은이 눈을 뜬 건 남자들의 숙소에서였다. 숙소에는 자기와 남자 단둘뿐이었다. 그런데 그뿐이었다. 지난밤 술집을 나서던 기억 다음은 벗은 남자 옆의 벗은 자신이 전부였다. 가운데가 뭉텅이로 기억이 없었다. 서둘러 방을 나오면서 술 때문이겠거니 하면서도, 지난밤 남자와의 밤이 하나도 기억나지 않는 것이 찜찜했다. 세월이 지나도 기억이 뭉텅이째 사라진 밤이었다는 것만큼은 선명히 남아 있었다.

미경이 라면 물을 올리며 정은에게 물었다.

"라면 먹을래?"

"왜 야한 말을 하고 그래."

미경은 대꾸하지 않았다. 정은은 무안하지 않았다.

“왜 술을 마시고 나면 배가 고픈 걸까?”

“그치? 희한해.”

“맥주 남았나?”

정은는 냉장고를 열었다.

“맥주 남았으면 나도 한잔 줘봐.”

“너도 마시게?”

“먼저 취하는 게 이기는 거지. 안 취한 사람이 치우기. 어때?”

“나쁘지 않음.”

정은과 미경은 머그 컵에 맥주를 공평히 나눠 마셨다. 담배도 같이 피우러 나갔다 들어왔다. 아무리 그래도 이십대로 돌아간 것 같은 기분은 들지 않았다. 대화가 끊겼을 때의 정은과 미경은 남들보다도 못한 표정으로 자신의 생각에 골몰했다.

“그나저나 그때 그 일은 잘 해결된 거야?”

미경이 무심하게 정은에게 물었다. 정은은 응? 하고 되물었다. 정말 무슨 말인지 몰랐다.

“기억 안 나면 말고.”

“무슨 일이었을까?”

“기억 못 하는 거 보면 잘 해결됐나 보네.”

정은은 곰곰이 생각했다. 미경에게만 털어놓았던 고민

이 있었나. 정은의 성격상 다른 사람에게 싫은 소리, 앓는 소리는 안 했을 텐데. 미경이 저렇게 말할 정도면 뭔가 있기는 있었던 모양이었다.

남편에 대한 불안감은 어느 누구에게도 토로하지 못했다. 입 밖으로 내뱉는 순간 사실이 되어버릴 것만 같은 불길함 때문이기도 했다. 남편 일이 아니면 아이 일일 텐데.

작년에 아이가 경미한 왕따를 겪은 일이 떠올랐다. 같이 지내던 무리 중에 한 명과 트러블이 생겼는데, 나머지 아이들이 누구 편도 안 들고 방관을 한 탓에 자연스럽게 아이가 혼자가 되어버린 상황이었다. 왕따는 아니었는데 아이가 체감하기로는 그런 느낌이었던지라 왕따가 아니었다고 말할 수도 없는 노릇이었다. 이 이야기를 미경에게 했을까? 정은은 어지간한 일 아니면 아이나 남편 이야기를 미경에게만큼은 잘 안 꺼내는 편이었다. 미경이 이해할 수 있는 영역이 아니라고 생각해서였다. 그건 미경을 향한 일종의 배려였다.

정은은 3년 전 미경에게 전화를 걸어 다짜고짜 친정 엄마 이야기를 꺼낸 적이 있었다. 자기 살길도 없는 노인네가 친정 남동생만 끼고 돈다면서, 치매 같다고, 치매가 아니면 이럴 수 없는 노릇이라며, 노인네들 치매 검사받게 하려면 어떻게 해야 되느냐고 묻는 전화였다. 전후 맥락 없이 그렇게 쏟아놓기만 해서 미경은 돈 문제려니 추측만 할 뿐이었다. 기실 해답을 원하는 질문도 아니었다. 그저 정은은 자기 속이 타들어가 하소연할 데가 필요했던 것이라는 걸 미경은 모르지 않았다. 그러므로 미경은 묵묵히 들어주었다. 그걸 정은이 기억하지 못한다고 해서 서운하지 않았다. 정은에게는 큰 문제가 아니었을 수도 있다. 미경은 그저 정은에게는 엄마의 문제가 잊힐 수 있고, 잊어버릴 수도 있는, 잊어도 상관없는 무게라는 것이 부러울 뿐이었다.

미경은 여행이 하룻밤밖에 남지 않아서 초조했다. 한동안 미경은 바깥에서 술은 고사하고 커피 한잔 마시기 힘들 것이다. 회식 같은 건 꿈도 못 꿨다. 퇴근하자마자 달려가 엄마 밥부터 챙겨야 했다. 점심에 이모가 해놓고 간 찌개나 국을 데우고, 나물과 밑반찬을 그릇에 담아 내놓기만 하면 되는 일인데도 매일 반복하는 일이 결코 쉽지 않았다. 하루도 빼먹을 수 없는 일이라는 것이 숨막히게 했다.

미경의 엄마는 그저 아프다고만 했다. 대학병원에서 별별 검사를 다 했지만 이상 소견은 없었다. 그런데 엄마는 아프다고, 아파 죽겠다고, 곧 죽을 것 같다고 끙끙 앓았다. 미경이 대학생 시절부터 증후가 보이더니 처음 발령받은 도서관에 다닐 즈음부터 증세가 심해졌다. 정신과에 다니면서 조금 나아지긴 했지만 정신과 약은 엄마의 정신을 어딘가로 보내버린 것처럼 영 맥을 못 추게 했다. 병원에 데리고 다니고, 약을 챙겨 먹이는 일은 모두 미경의 몫이었다. 미경의 언니는 미경이 첫 월급을 받은 그다음 달에 사라져버렸다. 엄마를 감당하는 게 힘겹다고 했다. 미경이라고 손을 놓고 있었던 게 아니었다. 돈을 못 벌 때는 못 벌어서 집안일과 엄마를 살폈고, 돈을 벌게 되었을 때는 하던 일이기 때문에 당연히 집안일과 엄마를 돌봤다. 그랬는데 언니는 사라져버렸다. 엄마가 자신의 앞길을 막는 장애물이라고 했다. 엄마 때문에 될 일도 안 된다고 했다. 엄마가 자기 인생의 걸림돌이라고 했다. 그러나 미경은 아무리 생각해도 사라져야 한다면 그건 언니가 아니라 자기여야 할 것 같았다.

엄마는 좀처럼 나아지질 않았다. 미경의 엄마는 죽고 싶다는 말을 달고 살았다. 한 번도 죽으려고 한 적 없으면서, 죽을 생각도 없으면서, 스스로 죽을 만큼의 동기도 용기도 없으면서 입으로만 줄곧 아플 바에는 죽는 게 낫겠다는 말을 달고 살았다. 죽고 싶다는 말은 미경이 제일 많이 듣는 표현이자 제일 싫어하는 말이었다.

정은과 미경의 두런거리는 소리에 난주가 깨어났다. 머리가 깨질 듯이 아팠다. 목도 퉁퉁 부은 것 같았다. 쉽게 취하는 만큼 쉽게 깨는 술은 종종 난주를 난처하게 했다. 자는 척을 하는 게 맞을 것 같은데, 구역질이 올라왔다. 입 안에 침이 고이며 신맛이 돌았다. 난주는 벌떡 일어나 화장실로 달려갔다. 변기를 끌어안고 속을 게워내는 동안 질금질금 눈물이 났다. 한바탕 토하고 나니 정신이 명료해졌다. 난주는 입을 헹구고 세수를 했다.

정은과 미경이 화장실에서 나온 난주를 빤히 쳐다봤다. 새벽 3시에 가까웠다. 난주는 정은과 미경 앞에 텁석 주저앉았다. 난주가 물었다.

"나 사과해야 돼?"

정은이 되물었다.

"잘못한 거 있어?"

"아니. 근데 어째 그래야 할 분위기네."

"이제 술 좀 깨?"

미경이 걱정스럽게 물었다. 난주는 고개를 끄덕였다.

"술은 진작에 깼지."

"그 찬 바닷물에 빠졌는데 안 깨는 수가 있어? 라면? 커피?"

"그만 눈치 줘. 라면."

"죽으려고 했어?"

미경이 참 아무렇지 않게 물었다.

"아니. 모르지. 나도 모르게 그랬는지도."

"죽을 거면 너 혼자 왔을 때 죽어. 우리랑 같이 왔을 때 죽으면 우리 곤란해진다."

농담이라는 걸 알지만 난주는 어쩐지 정은의 그 말이 서운했다.

"T 다 죽어라."

"쟤 살아났다."

"죽고 싶다든지, 살고 싶다든지, 뭐 그런 절박한 뭔가라도 있으면 좋겠다."

난주의 혼잣말에 미경이 사발면 수프 봉지를 뜯으며 말했다.

"갱년기야. 나도 곧 폐경 올 거라고 하더라고."

"폐경? 오십도 안 됐는데?"

"지난번 산부인과 진료 받는데 의사가 그러더라. 평균으로 보면 5년 정도 남았는데, 나는 아무래도 빨리 올 것 같다고."

"제까짓 게 뭘 안다고?"

"의사가 알지 그럼 누가 알아?"

"자기가 뭔데 남의 자궁에 대해서 이러쿵저러쿵이야. 나는 물 조금 많이."

"하여간 그렇대. 우리 나이가 한참 늙느라 바쁜 나이래.

여기저기 삐그덕거리면서 고장 나는 데 생기고. 마음은 공허하고. 살아 뭣하나, 싶은 나이라는 건데. 그게 당연한 마음이라니까 너무 난감해하지 마."

미경이 난주를 위로하는 말이었는데 어쩐지 정은의 마음이 차분해졌다. 사발면 세 개를 앞에 두고 난주, 정은, 미경은 말이 끊겼다. 늙는 일에 대해서라면 누구보다도 더 잘 설명할 수 있었다. 난주는 고혈압약을 먹는다는 사실과 정은은 그날 밤의 실뇨에 대해서, 미경은 폐경을 앞두고 처방받은 호르몬제에 대해서. 그러나 아무도 입을 열지 않았다. 나이 듦을 증명하는 일은 그리 유쾌한 일이 아니었다. 정은이 제일 먼저 뚜껑을 열고 면발을 휘휘 저었다.

"나는 꼬들면이 좋아."

난주가 거들었다.

"무슨. 라면은 퍼져야지."

"퍼진 라면이 무슨 맛이야."

"퍼진 라면 맛이지."

난주와 정은이 면발 이야기를 하는 동안 미경은 국물부터 들이켰다. 짭짤하고 맵고 뜨거웠다. 사발면 그릇을 내려놓은 미경이 결심을 마쳤다는 듯이 둘에게 물었다.

"근데 너희들 그때 왜 나만 두고 사라졌어?"

어? 정은이 컵라면 면발을 뜨다 말고 미경을 바라보았

다. 난주는 건성으로 언제? 하고 되물었다. 미경은 강릉 왔을 때, 라고 대답했다.

"무슨 소리야?"

"알아듣게 말해."

미경이 진지하게 다시 물었다.

"남자 셋과 만났다는 날, 그날 밤에 왜 나만 두고 갔어?"

난주가 어이없다는 표정을 지었다.

"언제 적 얘기하는 거야, 지금. 그때 너만 혼자 둔 게 아니라, 각자 짝을 맞춰서 논 거였어요."

정은도 난주의 말에 덧붙이며 고개를 끄덕였다.

"암암리에 그랬지. 삼대삼이니까 암암리에."

그러나 미경은 계속 납득할 수 없다는 듯이 되물었다.

"나한테는 아무런 설명도 안 해줬잖아. 양해도 안 구했고."

난주는 별일이라는 듯이, 그랬니? 하고 맞받아치고 다시 컵라면 면발을 들어 올렸다. 미경이 단호하게 대답했다.

"응, 그랬어."

"잘못했네."

난주의 심상한 잘못했네, 라는 말에 미경의 표정이 굳어졌다. 그 순간 정은은 깨달았다. 미경이 무엇을 말하는지, 그리고 난주가 무엇을 회피하려 하는지. 정은이 식탁 위에 조용히 젓가락을 내려놓았다.

"그러게, 진짜 잘못했네."

"사과해."

"사과해?"

미경의 단호한 요구에 난주가 어이없다는 표정을 지었다. 정은은 팔을 뻗어 미경의 손을 잡았다.

"미안해."

난주는 정은과 미경을 번갈아 쳐다보다가, 정은을 따라 젓가락을 내려놓고 말을 이었다.

"알았어, 알았어. 사과한다. 아, 미안해. 미안해 미안해."

그러고는 다시 면을 후루룩 들이켰다. 미경이 그런 난주를 물끄러미 바라보더니 무표정하게 입을 열었다.

"난 원하지 않았어."

"어, 그래. 미안하다. 우리가 잘못했네."

정은이 난주의 옆구리를 쿡 찔렀다. 난주가 미경을 흘깃 쳐다봤다. 미경의 표정은 이제껏과 달랐다. 그제야 아랑곳하지 않던 난주가 미경의 눈치를 살피며, 그날 밤 기억이 안 난다고 하지 않았느냐 되물었다.

"아무 기억이 안 나는 밤이라는 건 정확히 기억났어."

"무슨 소리야, 알아듣게 말해."

정은이 날카롭게 대꾸했다.

"정신을 잃었다고. 그 남자가 나한테 뭘 했는지만 기억이 안 나."

"당했다는 소리야?"

"그러니까 그날 분위기가 당하는 게 아니라, 짝을 이루는 분위기였으니까……."

말을 잇던 난주가 정은을 쳐다봤다. 정은이 고개를 좌우로 흔들었다.

"아니다. 우리가 잘못했다. 할 말이 없다."

난주와 정은, 미경은 모두 잠시 침묵했다. 실내는 라면 냄새만 짙어졌다. 먼저 입을 뗀 건 미경이었다.

"사과하는 거지?"

난주와 정은이 고개를 끄덕이며 잘못했다고 정중하게 다시 사과했다. 말끔한 사과가 관계를 지속시키는 방법이라는 걸 셋은 익히 알고 있었다. 사과를 받았다고 해서 미경의 마음이 풀리거나 좋아진 건 아니었다. 불쾌한 감정이 사라진 것도 아니었다. 다만 사과를 받았다는 사실만으로 그 기억을 잊을 수 있는 준비가 되었다고 생각했다.

난주 역시 그날 밤에 대해서 아무 기억이 없었다. 그게 침묵의 원인이었다. 그래서 이제는 물어도 될 것 같았다.

"그런데, 사실 나도 그날 밤이 기억이 안 난다."

난주의 말에 정은과 미경이 눈을 동그랗게 떴다.

"옛날이어서 기억이 안 나는 게 아니라, 다음 날 눈 떴는데 완전 먹통이 되어 있더라고. 사실 그날 내가 그럴 정도로 취하지는 않았거든."

그 말에 정은도 입을 열었다.

"사실은 나도."

이번엔 난주와 미경이 정은을 쳐다봤다.

"기억이 사라졌다니까."

"나쁜 새끼들!"

난주가 대뜸 큰소리를 쳤다.

"완전 나쁜 놈들이었네."

미경도 한마디 보탰다. 그러나 정은은 오히려 안도가 되었다. 자기 잘못이 아니라 남자들 잘못이라고 생각하자 마음이 놓였다. 근 20여 년이 넘는 동안 그날 밤만 생각하며 가슴 깊숙이 묵직하게 누르던 불편함이 깨끗하게 해소된 것 같았다. 나의 부주의, 나의 방심, 나의 방만이 원인이 아니었다는 확신이 이제야 마음을 가볍게 했다. 셋이 서로 터놓지 못한 이유도 이제야 납득이 되었다. 정은이 미경에게 말했다.

"넌 너무 끔찍한 기억이어서 네 스스로 아예 기억을 없앴나 보다?"

"그랬나 봐."

"차라리 기억이 안 났으면 좋았을걸, 괜히 후벼 판 거네?"

"너희와 같이 괴로운 거면 기꺼이."

"헐."

"왜, 감동적이지 않아?"

미경의 농담에 난주가 괜히 입을 비죽거리며 대꾸했다.

"나 이제 안 괴로운데."

정은도 맞장구를 치고.

"나도. 뭔가 홀가분해졌어."

"그치?"

"뭐야. 너네는 나 때문에 가벼워지고, 나는 없던 기억 찾아 무거워지고?"

난주와 미경은 낄낄대며 미경에게서 멀어지는 시늉을 했다.

"네 일은 네가 알아서 하세요."

"나쁜 것들."

미경이 난주와 정은을 향해 눈을 흘겼다. 부러 사과하라고 말해주고, 그 사과를 받아준 것 같아서 난주와 정은의 마음이 조금 편해졌다.

난주, 정은, 미경은 사발면 국물까지 다 들이마셨다. 양

치질도 하지 않은 채 모두 바닥에 벌렁 누워버렸다. 배가 부르니 졸음이 몰려왔다.

"야, 해 뜨면 우리 헤어지는 거야?"

"헤어진다고 말하니까 애틋하잖아."

"애틋하지. 또 언제 만날 줄 모르잖아."

"이제 자주 만나자. 한번 해보니까 할 만하네."

"그래, 매년은 힘들어도 2년에 한 번씩은 할 만하겠다."

"아니다, 예원이 다 키울 때까지 기다리려면."

"빠르면 5년 뒤에?"

"우리 셋이 다 같이 만나지 말고, 둘둘씩 헤쳐 모이는 건 어때?"

"의리 없지 않냐?"

"안 보고 사는 것보다는 낫지."

"보면 뭐 하냐? 내내 술이나 마시고."

"그러려고 만나는 거지. 우리가 만나서 공부를 하겠어, 토론을 하겠어."

"할 수도 있지."

"뭐래."

"KTX 예약은? 했어?"

"아직."

"지금 할까?"

얘들아, 난주가 벌떡 일어나 앉았다.

"하루 더 있다 가는 건 어때?"

정은도 미경도 선뜻 대답을 못 했다. 그러고 싶기도 했지만 그래도 되나 싶었고, 집에 가고 싶은 마음이 들면서도 또 그것만은 아닌 것 같기도 하고. 정확히 알 수 없는 마음이 들었다. 분명한 건 하루 더 머무는 것이 불가능한 것만은 아니라는 사실이었다. 셋의 목소리가 낮게 섞여들었다.

"무리겠지?"

"그치?"

"그렇지."

"그럼 셋이서 우정 반지나 하나씩 하자."

난주의 제의에 정은도 자리에서 일어나 앉고, 미경은 엎드린 채 좋다고 고개를 끄덕였다.

"우정 반지?"

"그래."

"어디서?"

"시장에 금은방 하나 없을까."

"그러자."

"그러게, 왜 우리는 그런 것도 안 하고 살았니?"

"할 새가 없었지."

"우정을 굳이 증명하지 않아도 충분했으니까?"

"정은아, 쟤 말 많이 늘었다?"

"그러게. 내가 말을 좀 하네."

미경이 피식 웃는 바람에 난주와 정은도 따라 웃었다. 이야기 중에 셋은 왜 그 시절에 다른 여자아이들이 할 법한 것들을 못 했는지에 대해 이야기했다. 셋이 옷을 사러 가본 적도 없고, 같이 미용실에 가본 적도 없다는 것. 맨날 서점에서 약속을 잡고 결국은 술집에서 헤어졌다는 것, 간혹 극장이나 미술관을 얼쩡거렸지만 그런 날도 결국 술집이었다는 것. 그러다가 이제서라도 셋이 하고 싶은 것들이 무엇인지 나열하기 시작했다.

콘서트장에 같이 가보고 싶다는 미경의 말에 7080 콘서트냐, 임영웅 콘서트냐, 셋이 모두 좋아했던 자우림이냐로 잠깐 설전을 벌이다가 뭐든 표부터 구해 와라로 결론을 내렸고, 타투 숍 가는 건 어떠냐는 난주의 의견에 정은은 아플 것 같아서 싫다, 미경은 발목에 해보고 싶기는 했다고 말했다. 정은은 한강 피크닉을 해보고 싶다고 해서 요즘 애들 인스타 감성 따라 하는 거냐고 둘에게 놀림을 받았다. 그 외에도 뮤지컬 보러 가기, 파리 여행 가기, 그 전에 호캉스라도 해보기, 스튜디오에서 사진 찍기, 네일 숍에 가서 셋이 쪼르르 앉아 손톱 정리하기, 셋이 같이 살 요양원 예약하기 등. 셋은 누가 먼저랄 것도 없이 두런두런 떠들다가 잠이 들어버렸다.

*

제일 먼저 눈을 뜬 건 미경이었다. 이모에게 카톡이 열 개가 넘게 들어와 있었다. 엄마가 미경을 찾는다는 내용이었다.

네 엄마가 자꾸 너 찾아. 아무리 설명해도 막무가내다. 언제 올 거냐. 빨리 와라. 네 엄마 왜 이러는지 모르겠다. 네 이름만 부른다……. 미경은 머리가 아팠다. 술 때문인지 엄마 때문인지 구분이 되지 않았다. 이마를 짚어가며 시간을 계산했다. 지금 출발한다 해도 서울역까지는 3시간 뒤에 도착, 서울역에서 보은까지 안 막혀야 3시간. 까마득하게 멀게 여겨졌다. 여기가 그렇게 먼 곳인가. 무엇보다도 엄마로부터 가장 멀리 와 있다는 것이 미경을 안도하게 했던 곳이었는데, 이제 그 시간이 얼마 안 남은 셈이었다. 어쩐지 미경은 서러운 마음이 들었다.

난주와 정은은 곤히 자고 있었다. 둘을 일부러 깨울 필요는 없을 것 같았다. 미경은 조용히 짐을 쌌다. 맞다, 우정 반지. 미경은 자기 손을 내려다봤다. 성희 언니와 나눠

꼈던 민무늬 반지 하나가 왼손 약지에 끼워져 있었다.

난주가 눈을 뜬 건 미경이 택시를 타고 강릉역으로 막 출발했을 때였다. 그때만 해도 미경이 떠났다는 걸 깨닫지 못했다. 난주는 천천히 일어나 시간을 확인하고 캡슐커피를 내렸다. 집으로 돌아가야 하니까 단 커피가 아니라 아메리카노를 마시기로 했다. 핸드폰으로 KTX 기차표를 알아봤다. 강릉에서 서울역까지 한 시간에 한 대씩은 있었다. 시간도 좌석도 충분했다. 보은까지 가야 하는 미경이 조금 걱정되었지만, 그야 미경이 알아서 할 일이었다. 그나저나 미경이 보이지 않았다. 난주는 미경이 산책이라도 간 모양이라고 생각했다.

난주은 너무 이른 시간인가, 하고 잠시 주저했지만 지금이 가장 적절한 시간이라고 생각했다. 난주는 지난밤 자신을 구해준 남자에게 메시지를 보냈다. 보내기 전에 남자의 카톡 프로필 사진과 배경 사진을 훑었다. 프로필 사진은 열 장 정도였는데 스튜디오에서 찍은 본인 프로필 사진을 제외하고는 모두 고양이 사진이었다. 색과 무늬가 다른 고양이 두 마리. 직접 키우는 고양이 같았다. 고양이 키우는 남자라. 결혼은 안 했나? 아내나 아이들 사진은 없었다. 프로필 사진을 자세히 들여다봤다. 회색 재킷에 남색 바지, 옅은 하늘색 셔츠를 입었는데, 좀처럼 나이가 가늠

되지 않았다. 많아 봤자 마흔 초반? 눈이 동그랗고 입매에 장난기가 어려 있었다. 난주는 자기도 모르게 슬쩍 웃음이 비어져 나왔다. 물에 빠진 여자를 구하려고 밤바다에 뛰어든 남자라니. 배경 사진은 모두 바다를 찍은 것이었다. 어쩐지 부담이 덜어진 기분이 들었다. 난주는 서슴없이 메시지를 입력했다.

—지난밤 신세가 많았습니다. 감사하다는 인사를 제대로 못 했어요. 혹시 감기에 걸리지 않으셨는지 모르겠습니다. 괜찮으시다면 커피라도 한잔 대접하고 싶어서요.

난주는 자신이 적은 문장을 가만히 쳐다보았다. 너무 노골적인가? 난주는 문장을 다 지우고 다시 입력했다.

—어제 신세 진 박난주입니다. 감사하다는 인사를 드립니다. 건강하세요.

이건 더 이상했다. 신세를 진 게 맞나? 도와달라 하지도 않았는데, 자기가 먼저 뛰어든 것이니 난주의 잘못은 아닌 것 같았다.

—감기에 걸리진 않았나 모르겠습니다. 감사 인사를 드리고 싶어서요.

그럼 아니다, 괜찮냐 묻는 답장이 올 거고. 그럼 사양하지 마라, 식사 대접 운운, 별일 아니었다 또 거절하고 기프티콘 하나 보내면? 그럴 바에는 처음부터 기프티콘을 먼저 보내고 어제 고마웠다고 쓰는 게 더 깔끔하지 않을까. 고심 중에 난주는 픽 웃어버렸다. 핸드폰을 두 손에 나눠 쥔 채로 한참 골몰하고 있는 자신이 우스웠다. 썸 타는 연인들이야 뭐야. 뭘 기대한 건가. 난주는 담백하게 메시지를 보냈다.

—어제 감사했습니다. 감기에 걸리진 않으셨나 모르겠습니다.

전송하자마자 숫자 1이 사라졌다.

—감기 걸렸습니다. 밥 사셔야겠습니다.

남자가 보낸 문자를 읽은 난주는 자기도 모르게 슬쩍 웃고 말았다. 답 문장을 입력하는 난주는 잠깐 설레는 기분이 들었다.

정은은 난주가 흔들어 깨워 간신히 눈을 떴다. 정은은 험한 꿈을 꾸고 있었다. 정은의 꿈은 대체로 그랬다. 시험을 보는데 시험지에 적힌 글씨가 안 보인다든지, 집에 아이를 혼자 두고 와서 빨리 돌아가야 하는데 버스가 안 온다든지, 계산대 앞에서 계산하려고 하는데 카드가 한도 초과가 되어 망신을 당한다든지. 그럼 자기도 모르게 끙끙 앓는 소리를 냈다. 정은이 난주를 보자마자 꿈 이야기를 중얼거렸다. 현실에서는 물에서 빠져나왔던 난주가 물속으로 영영 들어가버리는 꿈이었다.

"미안하다, 미안해. 꿈에서까지 괴롭혀서."

"꿈이니까 다행이지. 진짜가 아니잖아."

"희망적이네."

"비관적이지 않은 것뿐이지, 굳이 희망적인 것 같지는 않다."

"그게 그거 아니야?"

"다르지. 근데 미경인?"

"나갔나 본데 안 들어온다."

그제야 난주와 정은은 미경의 가방이 없다는 걸 알아챘다. 정은는 카톡 창을 열었다가 그냥 통화 버튼을 눌렀다. 전화를 받은 미경은 이제 막 서울행 KTX에 올라탔다고 대답했다. 통화하는 정은 옆에서 난주가 소리쳤다.

"배신자네. 배신자!"

"어머님이 그러시면 할 수 없지. 알았어, 도착하면 연락 주고."

"어머님이 왜?"

"급하게 찾으신다는데?"

"아프신가? 오늘내일하시던 분은 아니잖아."

"난들 아나."

"먼저 가고 싶어서 엄마 핑계 댄 건 아닌가?"

"별걸 다 의심한다."

난주가 막 내린 아메리카노를 내밀었고, 정은은 뜨거운 커피를 홀짝였다.

"그나저나 이대로 집으로 가?"

"그럼?"

"다른 데 구경은? 오죽헌이나 경포호?"

"됐다."

"커피는 더 안 마셔도 되겠어? 유명한 카페는 하나도 안 갔어, 우리."

"술 그렇게 마셨으면 마실 건 이제 충분히 다 마신 거 아닌가?"

그 대답에 실망하는 난주의 표정을 읽은 정은은 아차 싶었다. 마치 친구들이 다 집으로 돌아가 혼자 남아버린 어린아이의 표정 같았다. 쓸쓸함보다는 공포심에 가까웠다.

"하루 더 있다 갈까?"

정은의 말에 난주가 반가움을 숨기지 않았다.

"난 괜찮은데, 넌?"

"안 될 것도 없을 듯?"

그다음부터는 일사천리였다. 난주와 정은은 남편과 아이에게 연락했다. 사흘 만에 목소리를 듣는 난주의 남편과 아들은 응, 한마디였다.

정은은 갑자기 바뀐 계획에 대해, 이러저러한 사정을 말하는 자신이 구차하게 느껴졌다. 이 나이 되도록 친구와 하루 더 놀다 가겠다는 것이 이렇게 쩔쩔매야 할 일인가 싶었다. 정작 안 된다고 할 것 같았던 아이는 의외로 선선히 재미있게 놀다 오라고 밝은 목소리로 대답했다.

난주와 정은은 일단 숙소를 하루 더 연장할 수 있는지 확인했다. 숙소 연장을 마친 후에는 시내로 나가 점심을 먹기로 했다. 그사이 검색을 마친 난주가 장칼국숫집을 찾아냈다. 생각만 해도 땀이 쭉 빠지면서 제대로 해장이 될 것 같았다. 정은은 마다할 이유가 없었다.

일자로 쭉 이어진 도로를 따라 나뭇가지처럼 옆으로 골목골목이 뻗어나간 시장통은 일요일이어서 그런지 한산했다. 햇빛을 정면으로 두고 걸어가다 보면 다섯 번째 왼쪽 골목으로 들어가 다시……. 난주는 어느 블로그의 글을 죽죽 내려가며 정은을 이끌었다. 허름한 골목 한가운데 번듯한 3층 건물이 우뚝 나타났다. 난주와 정은보다 앞서 들어가는 무리가 있었다. 그들 뒤로 식사를 마친 두어 무리가 우르르 나왔다.

"맛집이기는 한가 보네."

"그러게. 근데 맛집이 되게 깨끗하다?"

"더러워야 하는 거임?"

"아니, 상상하던 분위기랑 달라서."

난주가 앞서 들어가 자리를 잡고 앉았다. 장칼국수 두 개와 만두를 시켰다. 무뚝뚝한 종업원이 물과 물티슈를 가져다주며 면은 주문하면 넣기 때문에 20분은 걸린다고 했다. 그리고 이내 깍두기와 겉절이가 차려졌다. 난주는 깍두기를 정은은 겉절이를 집어 먹었다. 예사 맛이 아니었다. 급작스러운 허기가 몰려왔다. 난주가 깍두기를 하나 더 입에 물며 슬쩍 물었다.

"미경이 말이야. 어제 그런 모습은 좀 낯설더라."

"그치. 근데 이해는 가더라."

"응, 나도 이해는 했는데. 낯설었다고."

"나라면 감추고 싶은 비밀이라고 생각해서 더 말 안 했을 텐데."

"그러고 보면 미경이 제 속얘기 참 안 해. 이번에도 자기 속얘기한 건 그거 하나밖에 없다."

"엄마 얘기 빼면 그렇지."

"생활이 단조로워서 그런가?"

"생각이 많아서 그런지도 몰라."

"생각이 없어서는 아니고?"

"야. 없는 사람 이야기는 그만하자."

"먼저 간 사람이 잘못이지 뭐."

난주가 깍두기 한 접시를 다 먹었을 때야 장칼국수가 나왔다. 깨와 김 가루가 잔뜩 뿌려져 있고 붉은 국물이 진했다. 국물부터 한 숟가락 뜬 난주와 정은은 자기도 모르게 허, 좋다, 하는 감탄사를 연신 내뱉었다.

그 시간 미경은 서울역에 도착해 단톡방에 잘 도착했다는 문장을 남겼다. 숫자 2는 사라지지 않았다. 미경은 몹시 허기졌다. 역사 안을 두리번거리는데 점심시간이라 그런지 어지간한 곳은 만석이거나, 출입구 밖까지 줄이 서 있거나, 대기표를 나눠주고 있었다. 미경은 복잡한 2층을 피해 3층으로 올라갔다. 3층도 번잡하긴 마찬가지였지만 2층보다는 나았다. 국수와 미역국, 만두 등을 파는 식당이 깨끗해 보였다. 아울렛과 연결된 4층 커넥트 플레이스에도 식당가가 있었지만, 그곳 역시 웨이팅 줄이 길어 보였다. 미경은 3층 식당에서 대기 번호표를 받고 화장실에 다녀왔다.

미경은 서울로 올라가는 KTX 안에서 내내 후회했다. 엄마가 금방 어떻게 되는 것도 아닌데. 혼자 있는 것도 아니고. 이모에게 신세 지는 김에 모른 척 하루 더 맡기는 것이 큰 잘못도 아닐 것인데. 난주와 정은에게는 말하지 않았지만 사실 월차는 월요일까지 낸 터였다. 그리고 그 하루 동안, 정말 혼자서, 아무 말도 안 하고, 아무것도 안 하는 단 하루를 보내고 싶었다.

미경은 차례가 되어 미역국 정식을 시켰다. 떡갈비를 중심으로 동그랑땡과 김치에 미역국이 차려지는 한상이었다. 미경은 식사를 하는 동안만 고민하기로 했다. 엄마에게 갈지, 다시 강릉으로 갈지. 식사가 다 끝났을 때 그 순간의 마음을 따르기. 미역국을 한술 들이켰다. 톱톱하고 진한 맛이 썩 좋았다.

우리가 안도하는 사이

장칼국수를 다 먹은 난주와 정은은 택시를 타고 경포호로 갔다. 택시로 20분이 채 안 걸리는 거리였다. 둘은 제일 먼저 경포호 뷰의 카페를 찾아 무작정 들어갔다. 3층짜리 카페였다. 등 뒤로는 경포호가, 전면 창으로는 경포해변이 쏟아지듯 보였다.

난주와 정은은 음료를 주문한 후 곧장 3층으로 올라가 자리를 잡았다. 호수가 아니라 바다를 향해 앉았다. 핸드폰을 들여다보던 난주가 미경이 서울에 도착했다는 소식을 전했고, 정은는 화장실을 찾아 뛰듯이 들어갔다. 그사이 진동 벨이 울렸다. 난주는 다시 1층으로 내려가 아이스아메리카노와 아이스카페라테 그리고 딸기 타르트와 앙

버터 크루아상, 몽블랑을 들고 올라왔다. 정은이 바다 사진을 찍고 있었다. 난주가 물었다.

"찍어줄까?"

"싫어."

"인증 샷은 남겨야지."

"내 얼굴 보기 싫어."

"왜에."

"내 몸을 봐라. 찍고 싶겠냐."

"아줌마 몸이 다 그렇지 뭐."

"넌 안 그러잖아. 하여간 몸도 몸이지만 나이 들수록 못생겨지더라. 보기 싫어. 거울도 안 보고 산 지 오래됐다."

"그럴수록 꾸며야 된다잖아."

"그것도 너처럼 한가한 사람들 이야기지."

난주는 정은의 말을 곱씹었다. 정은의 말에 저의나 악의가 없다는 걸 난주는 알고 있었다. 그저 툭 던진 말이라는 것도 익히 알고 있었지만 불편한 마음은 숨길 수 없었다.

"네가 뭘 안다고 그렇게 말해?"

난주의 목소리가 곱지 않았다.

"아, 그치. 내가 너에 대해 전부를 알 수는 없지."

무안해진 정은의 답변으로 분위기가 이상해졌다. 난주는 입을 다물었다. 물에 빠졌을 때 떨어졌는지 네일 장식

두 개가 없어진 손가락은 흉물스러웠다. 정은이 카페라테를 꿀떡꿀떡 마셨다. 미경의 빈자리가 크게 느껴졌다. 한숨을 푹 쉰 난주가 먼저 입을 열었다.

"미안해. 내가 예민했어."

"아냐."

"너희들이 생각하는 것만큼 내가 한가한 사람이기는 한데, 나는 그거 때문에 죽을 거 같거든. 죽고 싶은 거 같기도 하고."

난주가 또 한숨을 뱉었다. 세상 모든 고민을 다 짊어진 표정이었다. 정은이 난주에게 생크림이 잔뜩 올려진 딸기 타르트를 내밀었다. 난주가 딸기 타르트를 한입 덥석 베어 물었다. 입가에 크림이 잔뜩 묻었다.

"그럼 죽어."

"뭐?"

난주가 입가의 크림을 닦다 말고 정은을 쳐다봤다.

"죽으라고."

정은은 난주의 죽을 것 같다는, 죽고 싶다는 말이 그렇게 쉽게 해도 되는 말인지 의아했다. 정은은 한 번도 그렇게 생각해본 적이 없었다. 그래, 그렇게 죽는 게 가장 쉬운 해결이겠구나. 어떻게든 살려고 하니까 이렇게 힘들고 복잡한 거구나. 남은 사람이 어떻게 되든 말든 죽어버리면,

나 하나는 참 쉽게 가벼워지겠구나.

난주가 먹던 타르트를 접시에 내려놓더니 정은을 향해 비죽 웃었다.

"죽으라니까 죽기 싫으네."

"잘됐네."

"그런데 기분은 별로다."

"너 기분 좋으라고 한 소리 아니거든."

"어디서부터 꼬인 거야?"

"죽고 싶다는 생각도 가진 사람만 할 수 있는 거 같아서 빈정이 좀 상했네."

"그럼 남 탓을 할 게 아니라 네 탓을 해."

난주는 남은 커피를 다 마시고 얼음을 하나 입에 물었다. 정은은 입을 꾹 다물었다. 잠시 뒤 담배를 들고 자리에서 일어난 정은이 난주를 내려다보며 말했다.

"하루 종일 학교 급식실에서 일하면 땀에 절여져서 위생복이 벗겨지질 않아. 쉰내 풍기면서 집에 와서 씻지도 못하고 애 저녁 차려주고 다시 이자카야에서 설거지 알바하고 집에 오면 새벽 2시야. 그렇게 벌어도 빚이 계속 쌓인다. 죽고 싶다고? 죽고 싶다는 생각할 틈이 없는 사람도 있어. 죽을 겨를이 없는 사람도 있다고."

카페에 있던 사람들이 모두 정은을 힐끔거렸다. 난주는

정은의 시선을 피하지 않았다.

KTX에서 잠이 든 미경은 강릉역에 도착했다는 방송을 듣고서야 잠이 깼다. 강릉에서 서울역, 다시 강릉으로 돌아왔다. 이게 뭐 하는 짓인가 싶었다. 훗날 추억이라고 기억될까, 아님 바보 같은 짓이었다고 기억될까. 아무렴 어떨까 싶었다. 마치 이십대가 된 것 같았다. 충동적이고, 마음 가는 대로 행동하고, 마음이 기우는 대로 움직이던 시절. 마치 내일이 없는 사람처럼 하루하루를 살던 시절. 성희 언니를 만났던 시절.

역에서 내리니 난주와 정은이 기다리고 있었다. 셋은 동시에 어이없는 웃음을 터트렸다. 역사를 나오며 셋은 약속이나 한 듯이 모두 핸드폰을 들고 강릉역 금은방을 검색했다. 도보로 11분 거리에 대상금은방이 있었다. 주저 없이 금은방으로 향했다.

올림머리에 짙은 아이라인이 예사로 보이지 않는 금은방 주인에게 셋은 저마다 한마디씩 했다.

"반지 좀 볼까 하고요."

"18K 반지 좀 보여주세요."

"요즘 커플링은 어떤 게 잘 나가요?"

동시에 말을 한 뒤에 셋은 제각각 다른 반지를 손가락질

했다.

“이게 어때?”

“이건?”

“이거 예쁜데?”

주인이 선물할 거냐고 물었다. 난주가 나서서 대답했다.

“셋이서 우정 반지 할 건데요. 디자인 세 가지로 실반지 아홉 개가 필요해요. 이것저것 꺼내지 말고 개수 가능한 것만 보여주세요.”

주인이 무슨 말인지 알겠다면서 서너 종류의 반지를 꺼내 보여주었다. 셋은 동시에 자기가 제일 마음에 드는 디자인의 반지를 골랐다. 난주는 사선 커팅, 정은은 물결무늬 커팅, 미경은 팔각 모양으로 커팅된 반지였다.

“하여간, 참 달라들.”

난주는 세 개의 반지를 세 손가락에, 정은은 세 개를 하나로 모아 한 손가락에, 미경은 두 개와 한 개로 나누어 두 손가락에 꼈다. 여하튼 셋의 손가락에는 사선, 물결, 팔각의 모두 똑같은 모양의 반지가 끼워졌다. 셋은 매우 흡족한 표정으로 각자의 손가락을 바라보았다. 반지값은 난주 카드로 계산하고 금은방을 나왔다.

좁은 인도를 셋이 나란히 걸으며 떠들었다.

“수능 100일 반지 기억난다.”

"맞아, 우리 때 그런 거 있었지."

"100일 전부터 끼는 반지 말이지? 나도 있었던 거 같은데. 근데 어쨌지?"

"나도 어떻게 했는지 모르겠다."

"난 진작 팔았는데."

"금을 팔아봤어?"

정은이 피식 웃었다.

"그럼. 돈 없을 때 금이 최고야."

미경이 계속 물었다.

"금을 팔 사정이라도 있었던 거야?"

난주가 안 되겠다는 듯이 주변을 두리번거리더니, 가장 가까이에 있는 아이스크림 가게로 들어섰다. 셋은 각각 엄마는 외계인, 뉴욕 치즈케이크, 바람과 함께 사라지다를 컵으로 주문해 앉았다.

정은은 말간 표정으로 아이스크림을 한 숟가락 떠먹었다. 미경은 난주를 쳐다보면서 난감한 표정을 지었다. 난주가 정은의 등허리를 쓸었다.

"미경아. 사실, 나 좀 힘들어. 애 백일 반지, 돌 반지며 결혼 예물, 결혼 전부터 해오던 14K, 18K 목걸이, 반지, 귀걸이까지 싹 다 팔아먹은 지 오래됐어."

난주가 정은 뒤쪽으로 고개를 빼고서 말도 말라는 듯이

고개를 좌우로 흔들었다. 미경은 난주의 표정을 보며 둘이 이미 끝낸 이야기라는 걸 알았다. 듣지 않아도 답답하고 막막한 이야기일 것이 예상되었다. 정은이 이야기를 시작했다. 카드값 결제를 못 해 매일 걸려오는 독촉 전화에 자기도 모르게 고개를 숙이며 받고 있더라는 일이며, 양가 어른들은 물론이고 형제자매들에게 돈을 꿔서 이제는 아무도 전화를 안 받는다는 사정이며, 생활비가 없어 동전이라도 찾겠다며 온 집안의 서랍과 옷 주머니를 뒤질 때의 기분이라든지.

"미경아, 얘 심야 설거지 알바도 한대."

"집은?"

"집부터 팔았지. 팔 수 있는 건 다 팔았다. 그릇이며, 책이며, 옷이며. 이제 장기밖에 안 남았다."

"끔찍한 소리 하지 마."

난주가 정은의 손등을 찰싹 내리쳤다. 미경이 불쑥 끼어들었다.

"예원이 아빠는 뭐 하고? 왜 너만 이렇게 고생하는데?"

"그 사람은 그 사람대로 동동거리며 일하지. 아는 선배가 소개한 회사 들어가서 일하고 있어. 퇴근하고는 배달일하고. 자기가 만든 빚이라고 식구들한테 고개도 못 들고."

"제대로 된 회사야?"

"응, 월급은 제때 또박또박 나와."

"그래도 자포자기하지 않고 어디라도 들어가서 다행이다."

미경이 말하자 난주가 눈을 흘기면서 대꾸했다.

"다행은 무슨! 뭘 잘했다고! 혹시 또 어디 혼자 대출받아서 월급이라고 내미는 건 아니고?"

"주식이나 코인한 것도 아니고, 도박한 것도 아니고. 사업하려다가 망한 건데 그게 어디 예원 아빠 탓인가."

"잘 생각해서 했어야지!"

"그걸 알면, 세상 망하는 사람 아무도 없게?"

"그만들 해. 왜 너희들까지 그래."

정은이 난주와 미경을 말렸다. 난주와 미경이 동시에 한숨을 내뱉었다. 괜히 어색해진 분위기가 마음에 걸린 정은이 분위기를 바꾸려고 아이스크림을 떠먹으며 화제를 돌렸다.

"야! 근데 미경이 온 기념으로 뭐 해야 하는 거 아냐?"

"지금 내가 대수야?"

미경이 어이없다는 표정을 지었다.

"그럼 내가 여기서 통곡이라도 하리?"

난주는 다 녹아가는 아이스크림을 국물 마시듯 후루룩

들이킨 후 말을 이었다.

"그치, 그건 아니지."

미경은 난주의 말에 아랑곳하지 않고 다시 물었다.

"왜 우리한테 미리 말 안 했어?"

정은이 비죽 웃으며 대꾸했다.

"너희들이 아무것도 몰라야 이렇게 나랑 놀아주지."

뭐래, 하고 툭 내뱉은 난주가 이내 정은의 어깨를 툭툭 치며 잘했다고 대답했다.

"자, 그럼 이제 뭐 하지? 미경이 뭐 할래?"

"나? 그걸 왜 나한테 물어?"

"그래, 너. 서울까지 갔다 왔으니까 뭔가 계획이 있을 거 아냐."

"있긴 뭐가 있어. 너희들이 있으니까 다시 왔지."

"아니 다시 올 거, 뭐 하러 갔어?"

"점심 먹으러 갔다 왔지."

정은이 픽 웃었다. 그래서 뭐 먹었어?

"미역국."

"고작?"

난주가 핸드백을 고쳐 메며 자리에서 일어나며 말했다.

"할 거 없으면 또 술이지 뭐."

정은이 아이스크림을 서둘러 먹으며 대답했다.

"나쁘지 않음. 야, 근데 아이스크림 아깝다. 이건 다 먹고 가자. 미경인 하나도 안 먹었네!"

"야야, 내가 나중에 또 사줄게. 가자."

난주가 정은을 잡아당겨 일으켰고, 셋은 아이스크림 가게 밖으로 나섰다. 시장 거리에는 낙지볶음과 한우 구이, 해물닭볶음, 꼬막비빔밥, 두부 요리, 감자탕 가게 들이 눈에 띄었다. 난주가 물었다.

"골라."

정은과 미경은 상관없다고 했다. 그럼……. 난주가 간판을 훑어보더니, 고기를 먹자고 했다. 놀러 왔으면 고기 구워야지, 말하고는 앞장서 들어갔다. 금가루 뿌려진 소고기 맛집, 이라고 써 있는 고깃집이었다. 정은과 미경이 그 뒤를 따라 들어갔다. 정은은 고기를 좋아하는 아이를 떠올렸고, 미경은 밥을 안 먹고 있다는 엄마가 떠올랐다.

"매일도 아니잖아. 마음 편히 먹어."

난주는 마치 정은과 미경의 마음이라도 읽은 듯 말하며 좌식 테이블에 자리를 잡았다. 그러고는 덧붙였다.

"여긴 내가 쏜다. 이건 회비에서 제외!"

미경은 그럴 필요 없다고 손사래를 쳤지만 정은은 넙죽 잘 먹겠다고 대답했다.

"사는 사람은 말리지 말자고. 대신 2차는 내가 쏠게."

정은이 호기롭게 대답했다.

"말리지 않음."

미경이 무슨 소리냐고 만류하자, 난주가 사겠다는 사람 말리는 거 아니라고 놔두라고 했다.

"그래, 나 너희들한테 술 살 돈은 있어!"

어제도 샀잖아. 미경이 걱정스럽게 말했다. 난주가 별걸 다 걱정한다는 듯이, 미경의 옆구리를 쿡 찔렀다.

"사서 걱정하지 말고, 산다는 사람한테 잘 얻어먹기나 해."

"그럼 나도 쏴야 하니까 오늘도 3차까지 가야 하는 거야?"

"당연한 걸 왜 물어봐."

"주문하자, 주문해."

난주는 메뉴판을 보고 안심 한상 차림과 소주를 시켰다. 코스 요리처럼 샐러드와 기본 반찬, 수육과 육회, 국수, 고기, 된장찌개까지 나오는 차림이었다. 종업원이 직접 고기를 구워주는 곳이었다. 셋은 마치 첫 끼를 먹는 사람들 마냥 음식이 나오는 대로 열심히 먹었다. 육회는 꽃 모양으로 차려져 나왔는데 그 위에 금가루가 뿌려져 있었고, 소주 안에도 금가루가 뿌려져 있었다.

"이거 진짜 금이야? 아니면 금색 종이야?"

정은이 소리 죽여 물었고, 난주와 미경은 어깨를 들썩이며 모른다는 표현을 했다.

"이거 뿌리면 더 맛있나?"

"아, 몰라. 먹어봐."

금가루가 둥둥 떠 있는 소주를 마셨지만 별다른 맛을 느끼지 못했다. 잔을 비운 미경이 핸드폰으로 검색하더니 대뜸 찾았다고 말했다.

"뭘?"

"금가루. 야, 100밀리그램에 만 팔천육백 원인데?

"팔아?"

"팔지 그럼."

"비싸네."

"금이잖아."

"그럼 시세에 따라 가격이 달라지나?"

그런 이야기를 두런거리는 사이 안심이 나왔고, 앞치마를 두른 종업원이 무릎을 꿇고 고기를 굽기 시작했다. 얼핏 봐도 셋과 비슷한 연배처럼 보였다. 고기를 구워주는 종업원을 의식했는지 셋은 별말 없이 소주잔을 돌렸다. 종업원도 별말 없이 고기만 구웠다. 종업원은 손가락에 굵은 금반지를 끼고 있었다. 그러고 보니, 목걸이와 귀걸이 모두 굵직하고 두툼한 금제품이었다. 정은만 우정 반지 외에 아무 액세서리가 없다는 걸 깨달았다. 정은은 괜히 빈 목을 쓸었다.

한우 구이집을 나와서는 숙소가 있는 안목해변으로 커피를 마시러 갔다. 택시로 10여 분 정도 걸리는 거리였다. 셋은 택시에 고기 냄새를 남겨놓고 서둘러 내렸다.

바다를 오른쪽에 끼고 길게 이어진 해변로의 왼쪽으로 카페가 줄 지어 서 있었다. 전부 카페였다. 이번에도 어느 카페로 가야 할지 알 수 없었다.

"테라로사나 보헤미안 아니면 다 거기서 거기 아닐까?"

"그래, 기본은 하겠지."

"기본 가지고 되겠어? 커피 마시러 오송, 보은, 안양에서 왔는데 제일 맛있는 데로 가야 하는 거 아냐?"

난주의 목소리가 갑자기 커져서 정은과 미경이 창피하다는 듯이 난주를 혼자 두고 둘이서만 걸음을 빨리해 앞으로 도망갔다. 지나가던 연인이 셋을 보고 히죽 웃었다. 가위바위보를 해서 이긴 사람이 정하기로 했다. 미경이 이겼는데 고민도 안 하고 가장 가까이에 있는 흰색 건물로 쑥 들어섰다. 실내 인테리어를 흰색과 파란색으로 꾸며 지중해 분위기가 나는 카페였다.

"한 사람이 꼭 한 잔씩만 마시란 법 없잖아? 그치?"

난주의 말에 셋이서 여섯 잔을 시켰다. 핸드드립은 프라

이머리 블랜딩과 콜롬비아, 케냐AA를 시켰고, 카푸치노와 비엔나커피, 그린티라테를 시켰다. 맛보고 싶은 것과 마시고 싶은 것 모두 골랐다. 주문받는 사람이 놀란 듯했지만 주문을 한 정은은 아무렇지 않은 표정을 지었다.

"어른 되고서 제일 좋은 건 카페 와서 마시고 싶은 대로 다 마실 수 있을 때뿐인 거 같아."

난주는 비엔나커피, 정은는 카푸치노, 미경은 그린티라테를 자기 앞으로 끌고 갔다. 핸드드립은 서로 조금씩 맛보기로 했다. 음— 먼저 맛을 본 난주가 감탄했다.

"뭔가 다르긴 한 거 같다."

그러고는 히죽 웃었다.

"내가 뭐 알겠어? 그런가 보다, 그러는 거지. 너희들이랑 있으니까 다 맛있고, 다 좋네."

"향이 다르네. 안 느껴져?"

정은이 한 모금 더 마시면서 물었지만 난주는 호응해주지 않았다. 미경은 잠을 못 잘 것 같다면서 커피는 마시지 않았다. 난주와 정은이 커피 다섯 잔을 마시는 동안 안목해변은 완전히 해가 저물었다. 그러나 가로등과 사람들 때문에 검은 바다처럼 보이지는 않았다.

"3차는 어디로 가지?"

"배 안 불러?"

미경이 지쳤다는 듯이 등을 소파 깊숙이 앉았다.

"어, 쟤 봐라. 발빼한다. 3차 네가 내는 거예요."

"누가 안 낸대? 내는 건 내는 거고, 배부른 건 배부른 거고."

"옛날에 배고프다고 하면 내가 배부르게 해줄까? 하고 덤비던 놈들 있었는데. 그걸 농담이라고 하면서 말이야."

"맞아, 그런 새끼들 꼭 있었어."

"지금 같으면 잡아 처넣어야 하는 것들인데."

"지금도 잡아 처넣어야 할 놈들 많지."

"그래도 우리 때에 비하면 요즘 여자들은 살기 좋아졌어."

"뭐가?"

난주와 정은이 서로를 마주 보았다.

"네가 딸이 없어서 그렇지. 세상이 점점 더 험해지는데, 뭐가 살기 좋아져?"

"네가 아들을 안 키워봐서 그래. 난 요즘 젊은 남자애들이 제일 불쌍해 보이더라."

"어머, 얘 좀 봐. 야, 말은 바로 하자. 남자 여자 월급 다르지, 맨날 여자 죽이는 사건 벌어지지."

"그거야 능력이 안 되니까 적게 받는 걸 테고. 세상 모든 남자가 다 나쁜 놈들도 아니고."

"그만. 둘 다 그만."

미경이 팔을 휘두르며 둘 사이를 말렸다.

"너 아들 키운다고 그러면 안 돼. 너도 여자잖아."

"정은아, 그만."

"내가 어디 틀린 말 했냐? 여성 정책은 있어도 남성 정책은 없는 건? 그런데 뭐가 그렇게들 억울하냐?"

"난주야, 그만."

건너편 테이블 사람들이 이쪽을 힐끔거렸다. 난주와 정은은 서로 눈을 피해 사선으로 비껴 앉았다.

"3차는 술 마시자. 술 안 마시니까 싸우네. 술 마셔, 술 마셔야겠다."

하지만 카페를 나선 셋은 각자 다른 곳으로 향했다. 미경은 카페 건너편의 바닷가로, 정은은 숙소로, 난주는 자신을 구해준 남자를 만나기 위해서 정은과 반대 방향으로 흩어졌다. 저녁 7시 무렵이었다.

무리와 헤어진 정은이 숙소 방향으로 방향을 틀자마자 전화를 건 상대는 정은의 남편이었다. 예원 아빠— 하고 한껏 풀죽은 목소리로 상대를 호명하고, 안부를 묻는 정은의 뒷모습은 하나도 외로워 보이지 않았다. 미경은 난주 쪽을 바라봤다. 난주는 고개를 숙여 핸드폰만 쳐다보며 걷고 있었다. 연신 손가락을 움직이는 걸 보니 누군가와 대화를 하는 모양이었다. 미경도 핸드폰을 꺼내 보았다. 부재중전화도, 문자도, 카톡도 자기에게 도착한 소식은 아무것도 없었다. 심지어 광고도 스팸이나 피싱 메시지도 없었다. 기분 상했다고 등 돌리고 나선 건 난주와 정은이었는데 정작 기분이 가라앉은 건 자신뿐인 것 같았다.

이내 바다가 나타났다. 처음도 아닌 일이라고 생각하면 그만이었다. 난주와 정은은 가정이 있으니까. 미경에게는 가족은 있지만 가정은 없으니 어쩔 수 없는 일이라 생각했다. 그래도 원하지 않을 때 혼자가 되는 건 별로였다. 혼자이고 싶을 때 혼자여야 혼자라는 사실이 가치 있는 것이었다. 엄마가, 집이 그립지 않았다. 그저 그리운 곳이 있으면 좋겠다는 생각이 들었다. 혼자 있어도 외롭지 않고, 혼자여서 꽉 차는 곳. 언제든 갈 수 있는 곳이자, 결국 거기밖에 없는 곳. 모래사장에 앉은 미경은 막막한 바다를 바라보며 어서 어둠이 내려앉기만을 기다렸다.

남편에게 전화를 건 정은은 남편의 목소리를 듣자마자 후회했다. 할 말도 하고 싶은 말도 없었다. 그저 난주와 대화에서 자기가 마땅히 이기지 못한 것이 괜히 억울했던 것을 하소연하고 싶었을 뿐인데, 하소연하려면 그 사연을 하나하나 처음부터 설명해야 했고, 그러려면 굳이 하지 말아야 할 이야기까지 해야 할 상황이고— 일련의 과정이 귀찮고 복잡했다. 그럴 때는 처음부터 차근히 설명하는 게 아니라 차라리 입을 다물었다. 설명한다고 당신이 알겠는가. 말해준다고 당신이 이해하겠는가, 하고 생각해버리는 것이 편했다.

남편은 재미있냐고 물었다. 맛있는 것도 많이 먹었느냐고도 물었다. 난주와 미경의 안부도 묻고, 강릉의 날씨도 물었다. 그러더니 묻지도 않았는데 예원이와 어떻게 지냈는지, 뭘 먹었는지, 지금 자신과 예원이는 무얼 하고 있는지 보고하듯이 말했다. 그래서였을까. 정은은 마치 자기가 남편과 예원을 버리고 온 것 같은 기분이 들었다. 남편을 두고 친구들과 여행을 온 게 처음인데. 25년 만에 처음인데도 그랬다. 그래서 그런 제의를 해버렸다. 당신, 내일 예원이 데리고 강릉으로 올래?

정은의 남편은 금방 대답을 못 했다. 정은도 불가능한 일이라는 것쯤은 알았다. 월요일이니까, 출근을 하고 학교에 가야 하니까. 세 식구가 하룻밤 자고 놀다 가는 비용이면 아이 과학 학원을 보낼 수 있으니까. 남편이 한참 대답이 없었다. 정은이 헛헛하게 웃으며 그냥 해본 말이라고 말하려던 참이었는데, 남편이 뜻밖의 대답을 했다. 그럴까? 남편의 대답을 들은 정은은 그 자리에 우뚝 멈춰 섰다. 뭐라고?

—갈까? 예원이도 좋아할 거 같고.

우리 형편에……라는 말이 목구멍까지 차올랐지만 오라고 한 사람은 정은 자신이었다.

—당신 회사는.

—빠지면 되지. 애도 체험학습신청서 내고. 결석 처리되면 또 어떻고.

그사이 숙소 앞까지 걸어온 정은은 숙소로 올라가지도 못하고, 그렇다고 남편에게 이렇다 할 대답도 시원하게 하지 못한 채 오도카니 서서 주머니의 담배만 매만졌다.

난주는 프로필 사진 속에서 본 남자 얼굴을 떠올리며 두리번거렸다. 남자가 말한 칵테일 바는 생각보다 작고, 인터넷 리뷰대로 어둑했다. 남자는 바에 앉아 있겠다고 했는데, 아무도 앉아 있는 사람이 없었다. 다섯 테이블 중에 한 테이블에만 커플 손님이 앉아 있었다. 난주는 가장 구석에 있는 테이블에 앉았다. 앉자마자 핸드폰을 꺼내 카톡을 확인했다. 정은과 미경이 있는 단톡방도, 식구들의 단톡방에도 새 메시지는 없었다. 남자에게서도 새 메시지가 없었다. 약속 시간보다 5분 지난 시간이었다. 난주는 쿠바 리브

레를 주문하고 의자 깊숙이 기대 앉았다.

15분쯤 지나자 다른 손님이 들어섰다. 역시나 커플이었고, 그들은 난주와 떨어진 테이블에 앉았다. 25분쯤 지나서 난주는 블랙 러시안 한 잔을 더 주문했다. 오냐 안 오냐, 늦냐 왜 늦냐 굳이 물어볼 필요도 없었다. 안 오면 그만이었다. 난주는 8시까지만 기다리겠다고 생각했다. 정말 감기에 심하게 걸린 것인지도 몰랐다. 한 잔 더 마시기 위해 메뉴판을 살펴보던 때였다. 테이블을 노크하듯 똑똑 두드리는 소리에 고개를 들었다. 낯선 남자가 난주 앞에 서 있었다.

"안녕하세요. 생명의 은인입니다. 조금 늦었습니다."

"조금 아니고 많이 늦은데다 은인도 아니고요. 안녕하세요."

남자는 난주가 앉으라고 말할 때까지 앉지 않아서 한참을 선 채로 서로의 이름과 나이, 사는 곳을 이야기하다, 남자가 진짜 감기에 걸렸는지 아닌지에 대한 것까지 나눈 후에야 앉을 수 있었다. 남자가 아이리시 커피를 시킨 건 7시 45분쯤이었다. 남자와 난주가 처음으로 마주 보며 이야기를 나눈 날이었다.

미경이 난주와 정은에게 바닷가 앞의 포차로 부른 건

9시쯤이었다. 카톡 문장은 간단했다.

—3차 내가 내라며.

미경은 난주와 정은이 오기 전에 먼저 주문을 했다. 난주가 좋아하는 골뱅이무침과 정은이 좋아하는 해물파전, 그리고 미경 자신이 좋아하는 먹태 구이를 시키고 소주를 시켰다. 소주와 기본 안주인 마카로니 뻥튀기가 나오자 미경은 혼자 먼저 마시기 시작했다. 다른 테이블 사람들 누구도 미경을 쳐다보지 않았다. 미경은 난주와 정은을 기다리는 동안 핸드폰을 꺼내 방을 구해주는 앱을 하나 깔았다. 그리고 강릉 지역을 관심 지역으로 등록했다.

강릉시 원룸만 120여 개의 매물이 있다고 검색되었다. 미경은 자기도 모르게 웃음이 비어져 나왔다. 120여 곳에서 자신을 환영하는 것처럼 보였기 때문이었다. 세부 옵션을 넣었다. 보증금 최저 최고 금액, 월세 최저 최고 금액, 평수 등을 구체화시킬수록 매물 수는 줄어들었다. 방 하나, 거실 하나, 지상, 10평대로만 좁혔더니 30여 개로 확 줄었다. 그럴 수 있는 건가? 미경은 의아했다. 강릉시가 아닌 바다 근처, 사천에 매물이 하나 있다고 표시되었다. 미경은 터치, 터치, 터치를 반복하며 매물을 확인했다.

보증금 오백만 원에 월세 육십칠만 원, 관리비 팔만 원 별도. 165세대가 사는 빌라의 풀 옵션 15평 원룸이었다.

편의점은 도보로 1분 거리, 세탁소는 5분, 약국과 카페는 8분. 걸어서 8분이면 멀지 않나? 같은 생각을 하며 포차 밖으로 나갔다. 담배를 피우며 꼼꼼히 다시 읽어 내려갔다. 이 원룸의 장점은 오션 뷰였다. 미경은 마치 당장이라도 이사 갈 사람처럼 오백에 육십칠을 속으로 되뇌었다. 저기 정은이 터벅터벅 걸어오고 있었다. 그 뒤로 난주의 모습도 보였다. 미경은 마저 피우고 들어가겠다며 둘을 먼저 들여보냈다.

제사 지내는 사람들처럼 멀뚱히 앉아 있는 난주와 정은 옆에 미경이 앉았다.

"너희들이 끝까지 술을 마시게 하는구나."

미경은 둘의 빈 잔에 소주부터 채웠다. 건배를 하자고 손을 내밀자 난주가 어설프게 팔을 뻗었는데 정은이 홀딱 저 혼자 마셔버렸다. 그걸 본 난주도 팔을 거두고 혼자 꿀떡 마셨다.

"유치 빤스."

난주와 정은은 웃지 않았다.

"꼭 옛날 같네. 그때도 너희들 싸우고서, 한 달인가 두 달인가 말 안 하고 지낸 적 있었지? 그런데 어떻게 화해했니? 그건 기억이 안 난다."

"술로 풀었지 뭐."

난주가 볼멘소리로 대답했다.

"왜 싸웠는지는 기억나?"

"재가 나랑 사귀던 남자애랑 헤어지라고 해서."

정은이 퉁명하게 대답했다.

"야, 그럼 친구가 양아치랑 사귀는데 그냥 두냐?"

"양아치는 아니었다."

"야, 돈 꿔가고 안 갚는 새끼가 양아치지."

"사정이 있었다니까."

"사정은 무슨. 그래서 너 그 돈 받았어, 못 받았어?"

난주와 정은이 서로를 쳐다보며 이야기를 하기 시작하자, 미경이 담배를 챙겨 슬그머니 일어났다. 포차를 나서니 가까운 편의점에서 요즘 다시 유행하는 1990년대 유행가가 큰 소리로 흘러나왔다. 카페와 식당, 편의점 불빛이 훤해 시간이 가늠되지 않았다.

강릉으로 다시 내려오면서 미경은 이모에게 전화를 걸어 사정을 말했다. 연수 중에 일이 생겨 그걸 마무리하고 가야 하는데, 아무래도 하루 더 있어야 할 것 같다는 말이었다. 이모는 한동안 대답이 없더니, 이렇다 저렇다 말없이 알았다고만 대답했다. 미경이 워낙에 단호하게 말한데다, 도서관 일로 못 간다는데 이모라고 어찌할 도리가 없을 터였다.

담배 연기가 공기 중에 무겁게 퍼졌다. 이대로 집을 나오면 좋겠다는 생각이 들었다. 아무도 모르게 아까 봤던 월세방이나 하나 구해서 조용히 살고 싶었다. 물론 지금도 조용히 살고 있었지만, 혼자 살고 싶었다. 돌보는 사람 없이 살고 싶었다. 돌봐야 하는 사람이 없다는 생각으로 사는 건 어떤 기분일까, 감히 상상해보는 일만으로도 가슴이 빠근했다. 새로 피우기 시작한 담배의 필터가 타들어가기 직전까지 피운 다음에야 포차로 들어갔다.

난주와 정은은 아무 일도 없었던 사람들처럼 이야기하고 있었다. 난주는 골뱅이무침을 비비고, 정은은 젓가락으로 해물파전을 찢고 있었다. 어느새 소주병은 반 이상이 비워진 상태였다. 미경이 자기 잔에 술을 채우면서 의리 없는 년들, 하고 작게 중얼거렸다.

"얘, 욕했다."

"미경이가 욕할 정도면 심상치 않은 건데."

"왜 화 났어?"

"누가 우리 미경이 화내게 했니?"

"아 됐어. 이 나쁜 것들아."

정은이 잔을 내밀었고, 셋은 익숙하게 건배를 했다. 3박 4일 동안 징그럽게 마셨다. 마시지 않으면 못 버틸 일이라도 있는 사람들처럼 마셔댔다. 난주와 정은은 이제는 말할 수 있는 것들에 대해서 이야기하고 있었다. 겨울 수능보다 여름 수능 점수가 더 좋았던 것, 서지학 시험볼 때 커닝했던 이야기, 아르바이트하던 당구장의 사장에게 성추행당한 이야기라든지, 전 남친한테 다시 연락이 와서 따라갔다가 다단계에 끌려갔던 흑역사와 동생네 부부가 이혼 후 친정 엄마가 키우고 있는 조카 사연, 요실금과 고혈압과 탈모와 우울증에 대해서. 그동안 꺼내지 못했던 일들, 쪽팔려서든, 기회가 없어서든, 정리가 안 되어서든, 어떤 이유에서든 이야기하지 못했던 이야기들이 두서없이 열거되었다. 난주와 정은은 주거니 받거니 하나씩 꺼내고 있었다. 미경도 끼고 싶었다. 미경이 할 수 있는 이야기는 성희 언니 이야기, 얼마 전에 죽었다는 성희 언니 이야기, 자기가 유일하게 사랑했던 성희 언니 이야기였다. 세상 아무도 몰랐던 자기와 성희 언니의 이야기를 하고 싶었다. 그러나 난주와 정은은 틈을 주지 않았고, 미경은 자기도 모르게 끝까지 비밀로 할 수 있어서 한편으로는 안도했다.

"그래도 말이지."

정은이 얼마 남지 않은 골뱅이무침을 뒤적이며 혼잣말처럼 웅얼거렸다.

"그 시절, 너희들이 있었으니까 버틴 것 같아."

"뭐 얼마나 힘들었다고."

"아니, 문득 그런 생각이 드네. 너희들 없었으면 어쩔 뻔했나 하고."

"어쩔 뻔은 무슨. 다른 애들 만나서 잘 지냈겠지."

"그랬겠지?"

미경이 조용히 덧붙였다.

"그래도 너희들 만나는 게 위안이기는 했지."

"위안? 너도 이십대가 힘들었어?"

"세상에 안 힘든 이십대가 어딨니?"

"그런가?"

"그럼, 이십대는 그냥 이십대인 것만으로 힘든 거야."

미경은 끝을 내지 못했던 학생운동과 이뤄질 수 없었던 성희 언니와의 관계를, 정은은 일도 연애도 제대로 해내지 못하는 자신이 세상의 패자가 된 기분에 빠졌던 나날을, 난주는 두 아이를 키우느라 세상이 어떻게 돌아가는지 모른 채 아줌마로 전락해버렸던 시절을 떠올렸다. 셋은 제각기 고개를 끄덕였다. 이상하게 취하지 않는 밤이었다. 셋은 제각각 자기 생각을 하느라 입을 다물었다.

그날 밤, 셋은 숙소에 들어가기 전에 인생네컷에서 사진을 찍었다. 이십대 때 한창 스티커 사진을 찍고 다녔던 기억이 생생했다. 셋은 억지로 웃음을 참아가며 서로 더 예쁜 표정을 지어보겠다며 갖은 폼을 잡아 사진을 찍었다.

숙소 1층에 있는 소품 숍에 들러 난주는 강릉의 바다색을 담은 향초를, 정은은 예원이에게 선물할 서핑하는 곰돌이 키링을, 미경은 강릉 기념사진 엽서를 샀다.

*

2박 3일이 일정이 3박 4일이 되는 동안 셋이 한 것이라고는 술을 마신 것과 우정 반지를 나눠 낀 것, 술이 깨서 확인하니 제대로 찍힌 게 한 장도 없는 인생네컷 사진밖에는 없다는 생각이 들자 난주는 픽, 웃음이 났다. 이러려고 여기까지 왔나. 그렇다면 굳이 강릉이 아니어도 됐는데. 자신이 사는 안양이나, 정은이 살고 있는 오송이나 미경이 사는 보은에서 만났어도 얼마든지 술을 마시고 우정 반지를 나눠 낄 수 있었다. 강릉이어야 했던 이유는, 난주 자신의 말 한마디 때문이었다. 이제껏 난주에게 강릉은 도망친 곳이었지만, 이제는 정은과 미경과 함께 보낸 공간으로 바뀌 기억될 것이다. 난주는 진심으로 그러길 바라며 바다를 바라보았다.

난주 옆에 앉아 있는 정은은 손가락에 낀 우정 반지를 매만졌다. 얼마 만에 다시 해보는 액세서리인지 몰랐다. 이제는 뭉툭하고 짧은 손톱, 마디가 굵어진 손가락에 잘 안 어울렸지만 나쁘진 않았다. 마치 난주와 미경, 자신처럼 잘 안 어울릴 것 같은 조합이 제법 잘 어울리는 것처럼. 이상한데 그게 또 이상하지 않은 것처럼. 파도 소리가 낮게 울렸다. 바다를 바라보고 앉아 있는 이 시간이 안 끝나면 좋겠다는 생각을 했다. 아이도 보고 싶고, 남편도 걱정이 되지만, 빨리 집에 가서 눕고 싶지만, 한편으로는 마냥 이렇게 바다를 향해 모래사장에 앉아 있고 싶었다.

미경은 아까부터 계속 엄마와 이모를 생각하고 있었다. 집에 들어갈 때 빈손으로 들어갈 수 없는데, 뭘 사가야 하나 하는 걱정부터, 정말 엄마가 아무것도 안 먹고 있는지도 궁금했다. 그나저나 아무리 생각해도 서울역까지 갔다가 다시 강릉으로 돌아온 건 잘한 일 같았다. 앞으로 이런 충동적인 행동은 못 하고 살겠지. 그게 허락된 상황도, 나이도, 기회도 없겠지. 미경은 마흔아홉이라는 나이가 숫자만큼이나 무겁게 다가왔다.

내년에는 쉰이다. 오십대는 사십대와 다른 느낌이었다. 물론 이십대와 삼십대도 달랐다. 그러나 미경은 삼십대가 될 때, 사십대가 될 때는 얼마간의 기대가 있었다. 어서 늙어버리고 싶다는 생각. 이대로 빨리 늙어버려라 하는 마음. 그런데 오십대를 앞두고는 그런 마음이 들지 않았다. 자꾸 지난 생을 되돌아보게 됐다. 50년 동안 아무것도 아닌 존재로 살았는데, 남은 시간마저 그렇게 살아야 한다는 사실이 정말로 헛헛했다. 그러거나 말거나 알맞은 조건의 방이 나왔다는 앱 알림만 자꾸 울렸다.

“가자.”

“몇 시 기차라고 했지?”

“아직 시간 있어.”

KTX를 타기까지는 한 시간이 남아 있었다.

“일어나자.”

정은이 서둘렀다. 난주가 미적거렸다.

“야. 너희들 먼저 갈래?”

정은이 눈을 동그랗게 뜨고 목소리를 높였다.

“무슨 소리야, 또?”

“나 하루만 더 있다 가게.”

미경이 단호하게 말했다.

“안 돼. 셋이 왔으니까 셋이 같이 가.”

정은이 한소리를 더 했다.

“또 물에 빠지게? 죽을래?”

정은이 난주에게 주먹을 들어보였다. 난주가 일어나며 엉덩이를 털었다. 모래가 바람에 날렸다.

“그치? 혼자만 남아버리면 청승맞아 보이겠지?”

“말이라고 해?”

미경이 생각났다는 듯이 말했다.

"맞어, 찾아보니까 〈강릉〉이라는 영화가 있더라."

"그래?"

"〈강원도의 힘〉 같은 영환가?"

"아니, 범죄 액션 장르."

"헐, 강릉이 그런 분위기여도 되는 거야?"

"생각하기 나름 아니겠어? 넌 어떤데?"

미경이 난주에게 물었다.

"이젠 너희들 생각하겠지."

미경이 넌더리 난다는 듯이 고개를 흔들며 말했다.

"난 이제 강릉 하면 술만 생각날 거 같아."

"난 우정 반지? 아니다, 물에 빠진 아줌마. 아니다, 담배? 야, 담배 냄새가 안 밴 데가 없다. 옷을 새로 사 입고 집에 갈까 봐."

"신발도 안 말랐어. 냄새 작살."

"술, 담배, 발냄새. 다 나쁘지 않다. 참, 택시 부르자."

"이미 불렀지. 난 커피도 좋았어. 여기 커피 다 맛있더라."

"그러게 커피도 원 없이 마셨네. 나흘 동안 우리가 한 삼십 잔은 넘게 마신 거 같다?"

"원두 좀 살 걸 그랬나?"

인터넷으로 사. 택배로 다 받을 수 있대. 그나저나 너 그때 너 구해준 사람한테는 고맙다는 문자 보냈어? 보냈지. 잘했네. 영화였으면 그 사람이랑 만나서 말이야. 만나서 미경이나 소개해주라고. 됐네, 됐어. 상상이야 마음대로 할 수 있는 거 아냐? 그나저나 예원이가 아쉬워했겠어. 학교는 몰라도 학원 빼먹는 거 아니다. 하루 수업료가 얼만데. 저기 저 택시인가 보다. 아, 맞다! 우리 떡볶이 먹어야 하는데! 서울 가서 먹자. 서울역에 떡볶이집 있나? 어차피 이렇게 된 거 신당동까지 가버려! 난 즉석 떡볶이 말고 엄마손떡볶이.

난주와 정은, 미경은 제각각 자기 할 말만 하며 모래사장을 건너 도로로 나갔다. 호출 택시는 시간에 맞춰 도착해 있었다. KTX 출발시간까지는 충분히 시간이 남아 있었다.

택시에서 난주와 정은, 미경은 아무 말도 하지 않았다. 각자 창밖을 보며 또 이렇게 셋이 모이는 날이 없을 지도 모른다는 생각을 했다. 모이지 못할 이유가 없는데도 그냥 그럴 것 같았다. 차창 멀리 강릉역이 보이기 시작했다.

* 허난설헌 시 해석은 『허난설헌 시집』(허난설헌, 허경진 옮김, 평민사, 2007)에서 참고했습니다.

작가의 말

2023년 6월 초, 저는 제 인스타그램에 공지 글 하나를 올렸습니다.

—무료 소설 연재를 구독할 독자분들을 모집합니다. 가을까지 경장편소설 마감을 해야 하는데, 저를 쓰게 하려면 이 방법밖에는 없을 것 같아요. 기다리는 독자분이 있으면 어떻게든 쓸 수 있을 것 같거든요. 저는 숙제를 하는 마음으로 쓰고, 숙제 검사를 해주실 독자분을 모집하는 것이라 보면 됩니다.

매주 1회, 15회차분의 소설을 연재할 계획입니다. 소설은 현재 제목만 나와 있는 상황이고요, 제가 일주일간 작

업한 분량을 실시간으로 읽어주시는 겁니다. 한 편의 경장편소설이 어떻게 완성되어 가는지 같이 지켜봐주시는 일이기도 합니다.

공지를 올리고서 저는 '스불재'라는 말을 처음 알게 되었습니다. 스스로 불러온 재앙이라는 뜻인데요. 그 재앙이 매주 원고지 30매씩 써야 하는 저에게 해당되는 말인지, 정리 안 된 소설을 읽게 될 메일링을 신청한 분들인지 모호했지만 여하튼 그렇게 시작한 소설이었습니다. 심지어 메일링 제목조차 '소설가의 생초고 메일링'이라고 정했고, 말 그대로 일단 써내려간, 전혀 거르지 못한 날것의 소설을 독자분들에게 보내게 됩니다.

매주 원고지 30매 이상을 쓴다는 것은 생각보다 쉽지 않았습니다. 그래도 제 소설을 기다리는 분들이 있다는 사실이 어떻게든 저를 쓰게 했고요. 두어 번의 휴재를 포함해, 총 3개월을 거쳐, 최종 450매 정도의 경장편을 완성했습니다. 그 소설이 바로 『우리가 안도하는 사이』입니다.

박희라 님, 백명정 님, 오현진 님, 이계진 님, 이근표 님, 이운화 님, 이혜정 님, 조은미 님, 최유진 님, 최윤영 님, 칸쵸 님, 하리보 님, candys92 님, challengerkim 님, Mindjeenie 님, odradek75 님, zeusking0214 님, 초고를 받아 읽어

주신 여러분이 아니었으면 이 소설을 완성할 수 없었습니다. 여러분 덕분에 이 이야기가 책으로 나와 더 많은 독자 분들에게 다가갈 수 있게 되었습니다. 감사합니다.

*

소설의 주인공은 1975년생 난주, 정은, 미경입니다. 친구, 중년 여성들의 여행, 강릉, 오늘도 살아가야 한다는 내용을 직조할 수 있게 해준 진짜 제 인생의 친구들 이름도 적습니다.

권린아, 손정혜, 윤규미.

감지! 하고 기꺼이 애칭을 불러주는, 그 시절의 언니는 정말 예뻤어! 하고 말해주는, 잘될 거예요! 하고 한결같은 응원을 해주는, 그래서 쉰을 앞두고 있어도 두렵지 않다는 용기를 주는, 이 친구들이야말로 제가 소설가로 살게 하는 가장 큰 버팀목이라는 고백을 이 책을 통해 전합니다.

*

감사할 분들은 더 있습니다. 방지민 님, 최찬미 님. 그리고 너무 오래 기다리게 했던 정은영 님을 비롯한 자음과

모음에게 진심으로 감사하다는 인사를 드립니다.

*

난주와 정은, 미경의 3박 4일의 여정에 여러분들을 초대합니다. 소설의 배경은 가을이지만, 그 계절이 봄이어도, 여름이어도, 또한 겨울이어도 기꺼운 마음으로 함께 떠났으면 좋겠습니다.

마지막으로, 소설을 쓰는 동안 가장 많이 들었던 음악은 〈Nel Blu Dipinto Di Blu〉이며, 제가 가장 좋아하는 버전은 Malika Ayane가 부른 곡이라는 사실과, 매주 연재할 때의 소설 원제는 '강릉에 가자'였음을 밝힙니다.

2024년, 초여름

김이설

우리가 안도하는 사이

초판 1쇄 인쇄일 2024년 4월 23일
초판 1쇄 발행일 2024년 5월 10일

지은이 김이설
펴낸이 정은영
편집 방지민 최찬미
디자인 홍선우
마케팅 최금순 이언영 연병선
윤선애 이유빈 최문실
제작 홍동근

펴낸곳 (주)자음과모음
출판등록 2001년 11월 28일 제2001-000259호
주소 10881 경기도 파주시 회동길 325-20
전화 편집부 (02)324-2347 경영지원부 (02)325-6047
팩스 편집부 (02)324-2348 경영지원부 (02)2648-1311
이메일 munhak@jamobook.com

ISBN 978-89-544-5050-8 (03810)